Kadokawa Fantastic Novels
U0025878

……咦？
加入了
沒看過的群組……？
CHARACTER NAME
露露

我說，
要不要跟我一起玩？
CHARACTER NAME
娜娜

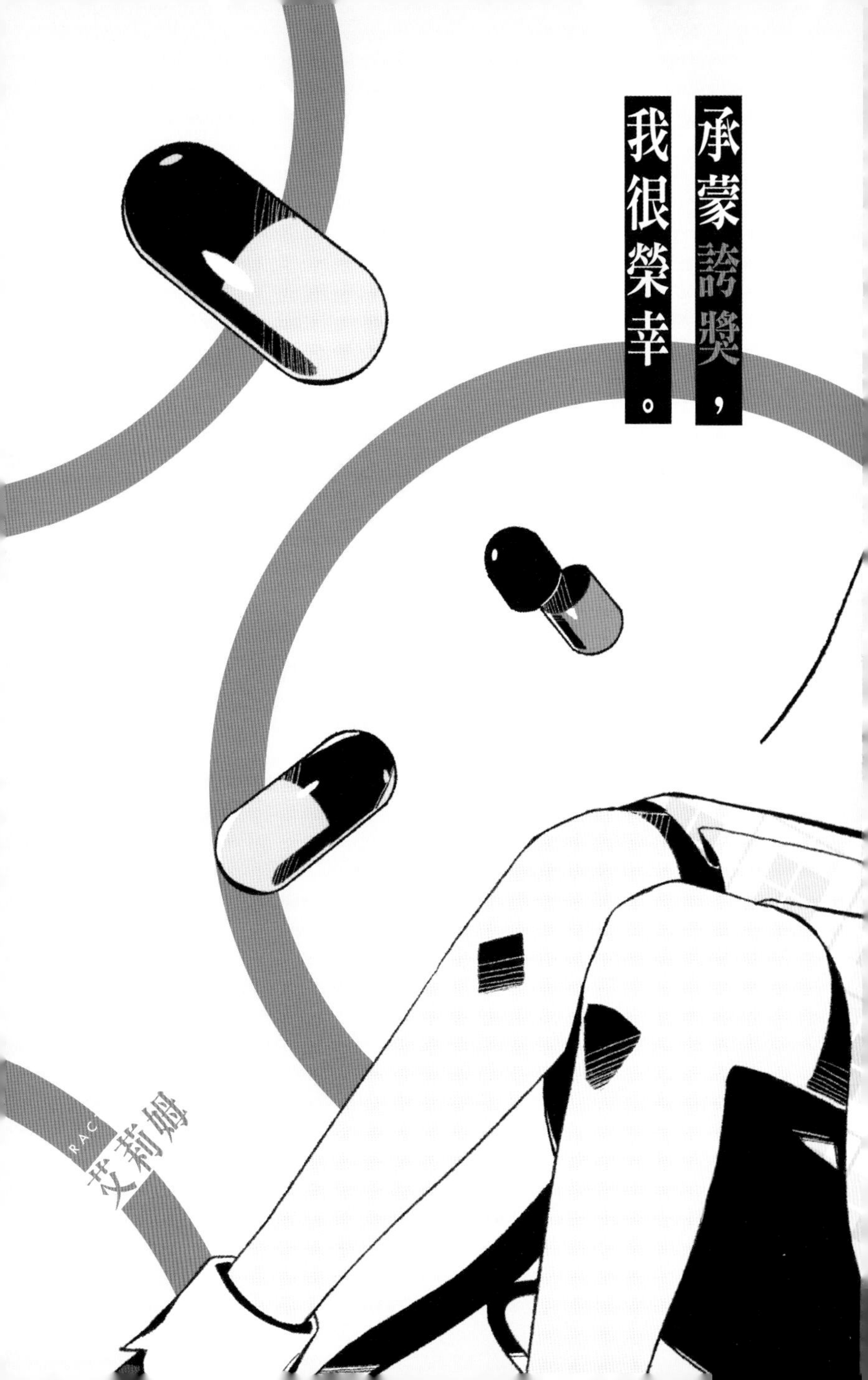
承蒙誇獎，
我很榮幸。
艾莉姆

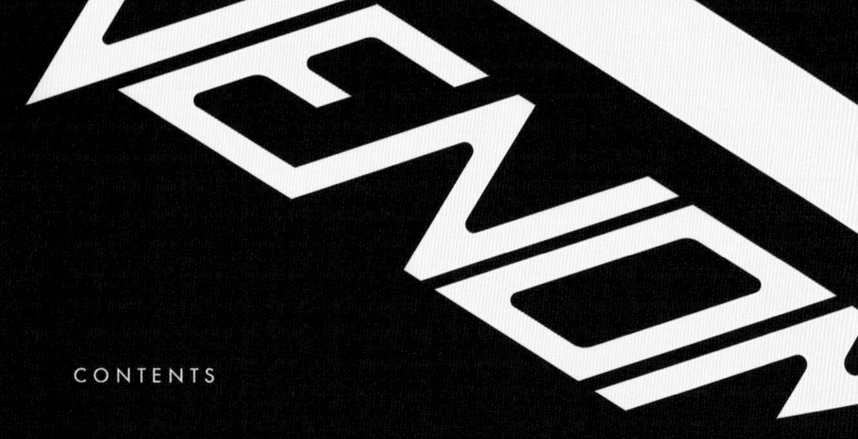

CONTENTS

作者
城崎
插畫
のう
原作／監修
かいりきベア
VENOM
VENOM
求愛性少女症候群
3
Kadokawa Fantastic Novels

◆序章

我一直想著，要是求愛性少女症候群這種症狀能消失就好了。

都是因為它，自己的身體一旦觸碰到人就會不舒服，與人相處變得十分麻煩。

這點即使與那兩個人構築了共犯關係也沒有改變。

由於害怕跟人扯上關係，結果就算校慶結束，我還是沒能與人締結深厚的友誼。

比較有所往來的一直都是相澤同學他們。

再這樣下去，本來應該擁有的燦爛高中生活，就會在平淡無奇的情況下結束……

雖然很空虛但也無能為力，只能放棄了。

所以我完全沒想到，這個願望會以這種形式實現。

確實存在沒有症候群的世界。

事到如今我根本沒想過這種事，就算告訴身邊的人，他們也未必會相信。

但是在這裡的期間，自己就算與人有所接觸也不會感到不舒服。

不會感到痛、癢，也不會覺得不適。

即使很普通，對我而言是件大幅度改變至今日常生活的事。

起初我一邊困惑著不用再應付症候群帶來的煩惱，一邊純粹地感到開心……之後卻開始產生失去之後反而比較痛苦，會不會症候群是在保護自己呢？之類的想法。

這可能是因為自己感覺到沒有症候群的世界，在某種意義上或許也算是我們失敗的世界也說不定。

圍繞著症候群發生的奇妙事件對我而言，大概是一種試煉吧。

又或許該說是某種症候群引起的症狀……

○

那天我也一如往常聽見手機的鬧鐘鈴聲而醒來。

一面活動著沉重的身體，一面用模糊的腦袋思索。

有種夢到了什麼的感覺……是什麼呢？

呃……

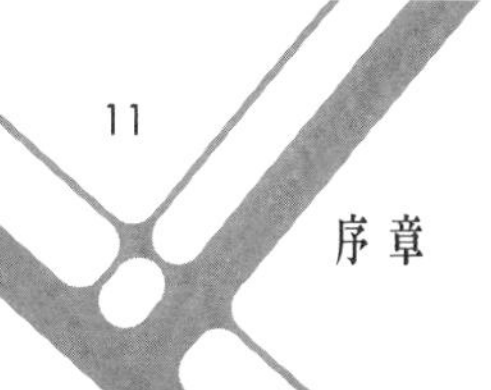

雖然不清楚事情為什麼會變成這樣，但有種自己在祈禱的感覺。

我是為了什麼而祈禱呢？

說到底，那真的是在作夢嗎？

總覺得非常真實，又好像並非如此？

光靠自己剛睡醒的腦袋實在難以分辨。

於是我為了關掉鬧鐘，將手伸向手機。

鈴聲停下了，客廳卻傳來正在準備早餐的聲音。儘管覺得很吵，但平時就是這樣。

再過一會兒，我肯定也會變得慌張吧。

現在腦袋仍舊昏沉沉的，想緊張也辦不到。

「……咦？」

我看向手機畫面，發現收到了幾則訊息。

未經確認點開之後，發現竟然是來自不明群組的訊息，而且還收到了不只一則。

「怎、怎麼回事？為、為什麼？」

我嚇了一大跳，瞬間清醒。

仔細一看，自己好像加入了一個沒印象的聊天群組。因此才會有訊息傳來。

我困擾地看著許多人如河流般不間斷地傳來的訊息。
究竟為什麼會變成這樣啊……？
「露露～要是起床了，就快點來吃早餐去上學。」
「我、我知道啦～！」
因為有人在催促，差不多該動身了。
可是，也不可能無視自己身邊正在發生的事。
正當我煩惱該怎麼辦才好時，內心突然浮現或許是被牽扯進這類遊戲的想法。
例如把完全無關的人邀請進入自己一夥的群組，觀察對方的反應來取樂。
就是這種……陽光男女的遊戲。
如果不是這樣，自己不可能被邀請加入交流如此活絡的群組裡。
一定是這樣沒錯，我如此在內心做出結論。
於是我關閉通知，打算加以無視。
自己待在群組裡這點確實很令人在意，但要立刻退出也讓人有些猶豫。畢竟要是被說「很掃興耶」之類的，受到嘲弄很可怕嘛……
不對，光是被找上門本身就很可怕了。

我曾經做過什麼會讓人盯上的事情嗎？

完全沒有頭緒。如果是自己平時的舉止讓他們看不順眼該怎麼辦啊？

……不對，這應該已經無計可施了吧？嗚嗚，好難過喔。

「露露老是睡到快來不及才起床，要是不快點出門會遲到喔。」

媽媽沒敲門就直接打開這麼對我說，臉上露出了無奈的表情，而我則反抗似的強硬地回了句：「知道啦。」

「啊啊，真是的！」

一大早就很倒楣耶！

為什麼會突然發生這種事啊。

完全搞不懂，總之現在先去學校吧。

我慌慌張張地脫掉睡衣準備穿上制服，此時又嚇了一跳。

「這是什麼……？」

自己的手腕周圍有好幾道沒見過的傷痕。

看起來簡直就像用剪刀之類的刀具劃傷的，傷痕有深有淺，一道接著一道。

這種滿是傷痕的雙手手腕，就跟偶爾在私密帳號上看到，讓人想別開視線的割腕照片十分相似。

「明明直到昨天都沒有這種傷痕才對啊……」

我曾想過割腕或許能簡單明瞭地證明自己病了，動過試試看的主意。

不過在要用剪刀割下去的瞬間感到怯意而打消了念頭。

畢竟是要傷害自己的身體嘛。

就算生病了，我也做不出會讓自己感到疼痛的事。

現在身上卻有這麼多道傷痕，到底是為什麼……？

「……或許只是在睡著時，因為癢而自己抓傷的吧。」

雖然無法釋懷，但現在不是在意這個的時候。

這次我也勉強說服自己接受，迅速換好衣服遮住傷痕。

接著拿起書包離開房間。

吃完準備好的早餐，整理儀容走出家門。

「我出門了！」

並搶在聽到媽媽的「路上小心」之前把門關上。

我看了一眼手機的時間，真的不快點趕路就會遲到。這正好說明自己究竟對早上發生的事情感到多麼動搖。

要是接連發生兩件莫名其妙的事，任誰都會動搖嘛。

會這樣也沒辦法吧！

當我好不容易用跑的搭上電車，鬆了口氣時，剛剛那個群組的事突然在腦中閃過。

於是拿起手機進行確認，那個群組至今依然不斷傳來訊息。

大家到底是怎麼在忙碌的早晨時光送出這麼多訊息呢？

明明我光是看著流動的訊息就花了不少時間。

話說，他們到底在聊什麼？

我因為在意而仔細看，發現都是些不著邊際的內容。由於一點都不重要，所以該說拋諸腦後就好，還是怎麼辦才好呢……嗯。

不過就算內容是這樣，感情好到能一直聊下去還真厲害。

對於沒事時就連與人聯絡都做不到的我來說，非常令人羨慕。

畢竟就算有事，光是傳訊息就需要很大的勇氣。

『今天露露好像一次都沒說話耶？』

咦？訊息中出現了我的名字？

為、為什麼？

我因為害怕便立刻關掉聊天應用程式。

這是當然的吧。剛剛他們傳來的訊息，簡直就像平時我也會一起聊天一樣。

不僅加入了不認識的群組，還被強迫要在裡面發言。

感到害怕也是正常的。

根本莫名其妙，該怎麼辦才好？

和腦袋一片混亂的我相反，電車準時駛進離學校最近的車站。

我懷著憂鬱的心情，模仿著其他人往學校的方向走去。

一路上思緒仍然一片混亂，腦袋昏沉沉的。

那個聊天群組究竟是什麼？

說到底，為什麼我在進群組裡？

自己曾經跟裡面的人說過話嗎？

雖然頭像跟暱稱分辨不太出來，不過應該就是那群陽光男女沒錯。

如果是這樣，我果然只是被當成取樂的目標也說不定？

包含剛剛令人困擾的那句話，應該都只是在捉弄我吧。

為什麼自己非得被捲進這種事情才行啊。

真討厭耶……

我嘆了口氣。

原本就因為發現原因不明的傷痕陷入混亂了，真希望他們不要再繼續打擊我。

「啊，是露露耶！」

「咦？」

在玄關換上室內鞋前往教室時，有人明確地叫出我的名字。

由於不知道對方是誰，我停下了腳步。

抬頭一看，發現有個平時從未正面對上眼的陽光女生正盯著我看。

她身邊還有幾個同樣很陽光的男女。

雖然不知道他們的名字，不過我對每個人的外表都有印象。

大概是曾經在走廊上錯身而過的程度……

因為他們都盯著我，使我忍不住挺直腰桿。

「早安～！」

「早、早安……？」

我竟然被平時絕對不會有交集的團體給搭話了……？

怎麼回事？這是某種懲罰遊戲嗎？

不光是訊息，連在學校也要嗎？

如果真的是這樣，拜託饒了我吧……

「露露真是的，因為妳完全不傳訊息，我很擔心耶？」

「還以為妳是不是因為感冒，還是其他原因不來學校了呢。」

「我也是我也是，還好妳有來，我就放心了。」

「啊，那個，我沒事……」

面對他們那以懲罰遊戲來說過於誇張的擔心氛圍，我嚇了一大跳。

不過，他們為什麼會擔心呢？

明明沒說過話，對我擺出這種態度實在很奇怪。

這些人到底是……？

「那個，我們到底是什麼關係……？」

我戰戰兢兢地試著發問，眼前的陽光男女們露出了不解的表情。

「不是朋友嗎！」

「就是說啊！我倒想問妳為什麼要問這種問題啊？難不成發生了什麼事嗎？」

「不、不是，沒那回事……」

他們一口氣靠過來，令我不由得感到畏縮。

該、該怎麼辦？

這種時候該做什麼才正確呢？

「我們經常一起玩耶。」

「沒錯沒錯。昨天也久違地去遊樂場拍了大頭貼，當時露露不是還說自己因為進了新機台所以很興奮嗎？」

大、大頭貼我已經很久沒拍了耶……

「從露露的表情來看，應該只是你被甩了吧？……不過，要是連朋友都當不成就另當別論了。畢竟我從很久之前就想私下跟露露增進感情了。」

「啊，偷跑太奸詐了！」

「露露，下次要不要跟我單獨出去玩？有間推薦的咖啡廳喔。」

而且上次被男生叫名字究竟是什麼時候的事啊……

總之，或許是很久沒有像這樣被搭話了，我的視線一直不知道該往哪裡擺。

「嗚哇，肉食系～」

「不是說過不准在這個團體裡來這套嗎？」

「我當然知道，可是露露開的玩笑太過頭了，才想緩和一下氣氛嘛，對吧？」

「氣氛一點都沒變好耶？」

「下次就帶我們去你推薦的咖啡廳當作賠罪吧。」

「哎呀——那間店是我要用來約會的，所以不行。」

「啊？你明明沒有女朋友～！」

面對眼前接連不斷的話語，我的腦袋根本來不及反應。

為、為什麼事情會變成這樣啊？

這些人雖然自稱是我的朋友，但我不僅不知道他們的名字，甚至也沒講過話。明明如此，為什麼會變成這樣呢？

是不惜做到這種地步也要捉弄我嗎？

如果是的話實在非常惡質……但從他們剛剛擔心我的樣子來看，感覺並不像就是了。

不，或許是打算現在讓我大意，之後好好取笑我也說不定。

假如這一切都是演技，那就有可能了。

總之因為搞不清楚狀況，我想立刻離開現場，然而腳卻動不了。

不知道該如何是好，只能呆站在原地。

「欸，露露也想去吧？」

這時，其中一個女生伸手摟住我的肩膀。

咦，怎麼會，慘了……！

我不禁繃緊全身準備忍受疼痛，但不管過了多久都沒有感覺到痛楚。

「……咦？」

換作平時一定會有哪裡不舒服才對，不過無論肩膀還是腹部都不會痛。

這種久違的什麼都沒發生的感覺，反倒讓我產生了異樣感。

「什麼？以為真的會被吃掉嗎？」

她就像是想吃了我一樣，雙手搭在渾身僵硬的我頭上。

就算這樣還是完全不覺得痛，心裡稍微有點開心。

但因為現在不是做這種事的時候，所以只能感到慌張。

「啊～這女孩可能真的會做這種事喔。」

「哪邊才是肉食系啊？」

「快住手啦，露露不是很困擾嗎？」
「只是開玩笑的啦～」
面對開心地露出笑容的陽光男女們，我也盡可能地配合裝出笑容。
這是因為當下覺得只能這麼做。
雖然仍舊不明白目前的狀況，而且依然只想立刻逃走，但打亂氣氛被認為「啊？真掃興」還是比較可怕。
比起被當成笑柄，這個狀況肯定糟糕得多。
因為他們看起來似乎非常了解我，而我卻沒有膽量用一句「不認識」就拒絕他們。
「不過說真的，露露為什麼不回訊息啊？」
「那個——」
也不可能講出「因為是自己沒印象的聊天群組，所以覺得別搭話比較好」這種話。
該怎麼回答才好呢？得小心不要說錯話才行。
我一邊承受著來自陽光男女團體的視線，一邊拚命地動著腦。
「我有點睡過頭了，所以今天早上很忙……」
到頭來，只能說出這種話。

而且也沒有說錯，應該沒關係吧……

「啊～畢竟早上做準備非常麻煩嘛。」

「而且還睏得要命。」

看來他們似乎接受了，我暫時鬆了口氣。

「不、不過大家都傳那麼多訊息，真厲害耶。」

「不，已經像手擅自動起來打字？之類的感覺。」

「搞不好可以說是種成癮症。」

「啊哈哈，說不定喔。」

陽光男女們開朗地聊著天，但我完全沒有心思在意這個。

心中竄起一股不安，不知道該不該繼續聊下去。

畢竟不曉得什麼時候會被當成笑柄很可怕嘛……

而且，其他人又是怎麼想的呢？

看起來會覺得很奇怪嗎？

現在周圍的視線雖然沒有傳來討厭的感覺，但我並不清楚他們內心真正的想法，感覺有點可怕。

好像會被當成格格不入的邊緣人，那樣也很討厭耶……

這時候老師走進教室。

陽光男女團體很自然地解散，回到各自的座位。

我目送他們離開，也回到自己的位置上。

稍微鬆了口氣。

「好了，大家早安，今天也打起精神加油吧！」

老師一如往常地打了招呼，接著開始點名。

被叫到名字的學生依序做出回應。

當點到相澤同學時，我的心臟激烈地跳個不停。

相澤同學應該直到昨天都和我一起吃午餐。

她依然跟我是同班同學。

但是就算有一瞬間對上視線，也沒有對我露出笑容。

以往就算是在上課中，一旦對上眼她就會露出笑容。

現在簡直就像我們根本沒有交集似的，立刻別開了視線。

這是怎麼回事？

不但被沒印象成為朋友的陽光男女們當作朋友，曾經打成一片的相澤同學還不肯對我露出笑容。

不僅如此。

就算與人接觸，也絲毫不會感到疼痛。

剛剛在返回自己座位的途中，我的手雖然碰到了其他陽光女孩，目前完全沒有頭痛、肚子痛或是癢的感覺。

但是，手腕上卻存在許多沒有印象的傷痕。

如果有這麼多傷痕，就算是在睡覺應該也會發現才對。

應該不可能在無意識之中劃出這麼多道傷口。

而且果然，在反覆觀察之後我確定了。

這些傷痕不是因為抓癢造成的。

很明顯是用刀子劃出來的。

我沒有在自己身上劃出這麼多傷痕的勇氣……

然而無論看幾次手腕都有許多傷痕。

這些傷口各不相同，從像是最近才劃出來的新傷，到更之前一點，開始結痂的傷都

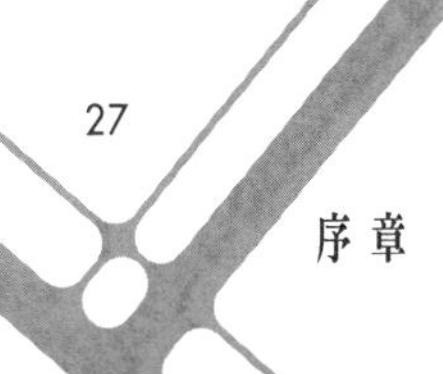

有，實在不像一天能夠造成的。

不管怎麼想都很奇怪。

面對這超脫現實的狀況，我試著捏了一下手背。

好痛。

雖然希望是這樣，但看來似乎不是在作夢。

那麼……這難不成是新的症候群之類的東西嗎？

從來沒聽說過染上其他症候群的事。

但是我最近沒有特別積極調查的想法。現在是因為求愛性少女症候群也變頑強了，才會引發這種事嗎？

如果是這樣實在糟透了……症狀不是減輕而是產生變化，為什麼我老是發生這麼不幸的事啊？

簡直莫名其妙……

因為在意自己身上發生的不合理狀況，我將手機放在書包裡搜尋資料。

接著，發現似乎找不到任何和求愛性少女症候群有關的結果。

反而還出現「您想找的是不是這個詞彙呢？」並建議了其他的關鍵字。

咦？這是怎麼回事？

為何什麼都搜索不到？

就算症候群的新聞變少了，也不可能什麼結果都查不到。就算出現一、兩個之前兩天就播一次的特別節目也很正常才對。

明明有個將來源不明又毫無可信度的病徵，與公開聲明的名人資料統整起來的網站，居然連那個都找不到……

難不成是我許了沒有症候群的世界這種願望的關係？

腦中忽然想到這件事。

所以自己才會因為願望而來到沒有症候群的世界嗎？

……不不，再怎麼說這也不可能吧。

因為這只有在動畫或漫畫裡才有可能發生。

要是真的發生這種事，那麼任何事情都有可能了。

現實沒那麼自由。

沒錯吧？咦，應該是吧……？

我拚命地想否認，但沒有印象的事情實在太多，使我產生了或許真的是這樣的想法。

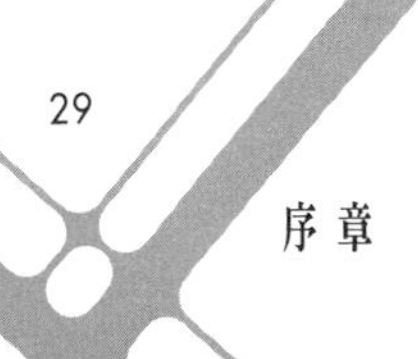

冷靜下來仔細想想，症候群本身也很不現實。

那就像會在動畫或漫畫上發生的事。

正因為發生了這種事，所以這種情況也是有可能的嗎……？

就算是這樣，受傷還是糟透了。

雖然目前不覺得痛，但每次看到傷痕都會有種心力交瘁的感覺。

若是自己造成的傷口就能當作自己的責任，然而沒有印象的傷痕既詭異又可怕。

啊啊！真是的！

如果不是在安靜的教室裡，我或許已經放聲大叫了。

事情就是這麼莫名其妙，腦袋完全轉不過來。

這裡真的是沒有症候群的世界嗎？

若是這樣，為什麼我的身上會有傷痕呢？

是因為就算沒了症候群，我的高中生活仍然會讓自己想做出自殘行為嗎……？

那樣的高中生活肯定糟透了。

目前明明沒有見到那種跡象，那究竟是為什麼呢？

真希望有人能回答我。

◇早晨的非日常

我一如往常因為手機的鬧鐘鈴聲醒過來。

因為看畫面很麻煩，我僅用手關掉鬧鐘。

……總覺得跟平時不同，這是為什麼呢？

我一邊活動著沉重的身體，一邊用模糊的腦袋思索。

嗯……？

嘴裡好像有點甜？

這個甜味是怎麼回事呢？昨晚睡前我明明沒吃點心，而且就算真的吃了，應該也有好好刷牙。

「……啊！」

這麼說來，自己好像偷偷地吃了透過一些管道認識的人那裡拿到的，「能打起精神」的藥。

從現在的狀況來看，我似乎在吃完之後就直接失去了意識。

還好有想到可能會發生這種事，所以在睡前才吃。

……不，一點都不好。

畢竟乍看之下似乎沒有任何改變。

只是因為莫名其妙的藥失去了意識而已。

之所以變成這樣，一方面是受到對方花言巧語影響的緣故，另一方面也是對現狀不滿到了想依賴這種藥的程度。

雖然覺得要是能多少改變一點現狀就好了，但似乎沒那麼順利呢。早就知道了。

我注視著放在床邊的小瓶子。

就算藥的來源不明，裡面依然細心地附了說明書。印象中上面還寫著要是一次吃完會很危險，所以要依照正確的劑量來服用。

儘管在心中對自己沒有遵守用藥規則的事道了歉，但我不清楚自己究竟在跟誰，又是為了什麼道歉。

差不多該起床傳訊息向群組的大家說早安了，不然誰知道會被他們講什麼閒話。

我慢慢坐起身，心不甘情不願地拿起手機。

打開畫面一看，卻發現沒有收到任何通知。

「……咦？」

再怎麼說都不可能發生這種事。

因為那個群組幾乎無時無刻都在熱烈討論著一些無聊的話題。

明明是這樣才對，為什麼？

……不，先暫時冷靜下來。

或許只是應用程式因為故障之類的原因，沒有收到通知也說不定。

嗯，一定是這樣。

就算是地球毀滅的前一天，那個群組也不可能到了這個時間還沒有人發言。

我打開應用程式，重新確認訊息。

但是仍然沒有出現代表收到新訊息的紅色文字。

不僅如此，連那個群組的名稱都找不到。

咦，刪掉了……？

這怎麼可能！

明明就連被組內成員戀愛搞得一團糟時他們也沒有刪除群組。

事到如今無論有什麼理由，我也不認為他們會把群組刪掉……

難不成是被踢出群組了？的確我最近陪笑的頻率或許增加了。即使如此若是他們，應該一開始就會向我抱怨才對。

他們卻什麼都沒說就把我踢掉，這不太像他們的作風。

懷著這種想法仔細一看，自己的好友名單上根本就沒有那些平時會聊天的陽光男女成員的名字。

取而代之的是，上面登錄了幾個其他人的名字。

「……相澤同學和田中同學？」

這些名字我有印象。

她們應該跟我同班，是兩個明顯的邊緣人，總是能看見她們一起待在教室的角落。

但是我明明沒跟她們講過話，為什麼會登錄在好友名單上呢？

仔細一看，甚至還有對話履歷。

嗚哇，也有自己詢問當天有什麼作業的訊息。

明明完全沒有印象，卻真的像自己會說的內容。

直到昨天應該都沒有這種東西啊，為什麼突然會……？

「嗯？」

就在這時候，我從手機下方的睡衣袖口看見自己的手腕。

那隻手腕非常的漂亮。

「……咦？騙人的吧？」

上面沒有任何原本在我手腕上的傷痕。

無論是碰到疤痕感覺還會流血的深刻傷口，還是像白線般只留下痕跡的傷口，全部都消失了。

就算確認沒拿手機那隻手的手腕，上面還是沒有任何傷痕，非常漂亮。

這樣啊，一開始感覺到的異樣感就是這個吧。

因為沒有傷口接觸冰冷空氣的感覺，才會覺得奇怪吧。

……究竟隔了多久呢？

居然還能看見自己這麼漂亮的手腕。

「……好漂亮。」

因為不斷重複著傷害自己後反省、反省完後又傷害自己的過程，所以幾乎沒有不存在傷痕的時候。

就是因為這樣，才讓我有種這隻手腕不屬於自己的感覺。

這就是據說能和煩人現實說再見的藥的力量嗎……？

就算是這樣，還是完全不清楚究竟是什麼原理。

不僅手上傷口恢復的速度很奇怪，聊天程式的好友名單也完全不同，這只能用詭異來形容了。

簡直就像來到了其他世界一樣。

再怎麼說，我都沒有期望做到這種程度……

明明只是希望能稍微安靜點過日子。

「露露老是睡到快來不及了才起床，要是不快點出門會遲到喔。」

媽媽沒敲門就直接打開這麼對我說。

她的臉上露出了無奈的表情，而我則反抗似的強硬地回了句：「知道啦。」

「啊啊，真是的！」

一大早就令人感到憂鬱。

即使短暫地因為沒收到訊息而鬆了口氣，但現在似乎不是想這個的時候。

不，不必傳出沒營養的訊息雖然很輕鬆，即便如此搞不清楚的事情實在太多了。

真是倒楣。

我迅速換好制服，拿起書包離開房間。

吃完準備好的早餐，整理儀容走出家門。

「我出門了！」

並搶在聽到媽媽的「路上小心」之前把門關上。

我看了一眼手機的時間，真的不快點趕路就會遲到。

不過，只要用跑的感覺就能來得及。

我跑得上氣不接下氣，好不容易趕上了電車。

「唉……」

忍不住在電車裡嘆了口氣。

從早上開始就發生一堆莫名其妙的事，腦袋一片混亂。

可是，那都是些難以把藥當成藉口的事。

說是亂七八糟也不為過。

即便如此，我也想不到除了吃藥以外的原因……

如果會發生這種事，早知道就不吃藥了！

話說回來，那個藥不是詭異程度滿分嗎？
我怎麼會信了還吃下去啊？
就算被逼得走投無路，藥物也是最不該扯上關係的東西才對。
雖然這次碰巧只是失去意識，事情也有可能不只這樣……
想到這裡我突然回過神來，一個會自殘的人居然會擔心這種事，簡直像個笨蛋。
「……啊。」
畢竟一直都在做隨時有可能被送去醫院的事情，事到如今想這些也沒用。
比起這個，到了學校之後會怎麼樣呢？
既然聊天程式裡跟那些陽光男女交流的痕跡已經消失了，會不會現實中的交集也跟著不見呢？
像是就算在學校遇到，他們也不會過來搭話之類的？
……那樣有點，不，或許非常有魅力也說不定。
但如果是那樣，會讓我更加相信這裡是異世界。
雖然不太懂，不過最近好像很流行這種說法。
話說回來，原來存在著與原本世界這麼相似的世界啊。

至少從早上的情況看來，家人們就跟平時一樣。

彼此離開家的順序也沒有改變。說到底，連家的位置還有搭的電車也沒有變化。

啊，聽說夢裡只會看見自己曾經見過的東西，我搞不好是在作夢。

如果是這樣，要是改變更大一點明明會更有趣的。

舉例來說，像是變成一個超級大美女之類的！

……明明是在說自己，但我完全不覺得會發生那種事。

為了不從手機漆黑的畫面看到反射的自己，我登入了社群網站的私帳。

在我瀏覽著明明是夢卻清晰到令人討厭的動態時，電車抵達了離學校最近的車站。

明明聊天程式的狀況變了那麼多，私帳卻沒有任何變化，總覺得非常詭異。是因為跟隨的人大多都一樣的關係嗎……？

到了這時候，才發現自己其實對跟隨的人不怎麼關心。畢竟除非有刻意業配，不然每個人都差不多嘛。

我只發現自己幾天前發過的貼文消失了。

但不記得當時發了什麼內容。

或許是自己刪掉，只是忘記了也說不定。

我從車站走向學校，這條路也沒有任何改變。

而我的視線也不自覺地朝著那些有陽光氣息的人們看過去。

究竟今天他們會不會跟我搭話呢？實在很令人好奇。

像平常那樣被他們纏上，要說討厭的確是很討厭啦，但要是被無視也很……

嗯……

既然無法立刻說出討厭，應該也是我感覺自己跟他們的關係已到了極限的證據吧。

可以不被他們搭話果然很棒。

因為不用努力轉動疲憊的腦袋思考有趣的話題，也用不著對不怎麼有趣的對話擠出笑容，我總是對此花了多少心力啊。

就算用遠比念書還努力來形容也不為過。

……雖然自己很清楚努力念書一定比較好就是了。

正當想著這種事情的時候，來到了鞋櫃前。

我換上室內拖鞋，朝教室的方向走去。

「……」

沒有任何人向我搭話，就這麼來到了自己的座位上。

明明覺得不被人搭話很棒，為什麼我會這麼坐立難安呢？
明明是自己的內心卻十分矛盾，令人作嘔。
「早安，小露！」
「早、早……？」
突然有人從背後搭話，使我的肩膀不禁抖了一下。
「啊，抱歉，嚇到妳了嗎？」
說話的人是相澤同學。
或許是自己平時都和陽光男女團體泡在一起的緣故，印象中她就算有事找我也不會跟我對上視線。
那樣的她現在正笑著對我說話。
從她的笑容之中，可以感覺到對我的親切感。
「那麼，這裡果然……」
是跟我身處的世界不同的世界也說不定。
……真的會有這種事嗎？
「嗯？怎麼了？」

為什麼自己必須被捲進這種莫名其妙的事情才行啊？

光憑我的零用錢就能買到的藥，居然會讓我遇到這麼誇張的事。

究竟誰能想得到呢？

「……不，沒事。早安，相澤同學。」

啊～真是的，我不管了！

「嗯，早安！」

她回給我的笑容看起來非常耀眼。

在那之後每當下課時，陽光男女們總會圍著我一起聊天。

雖然一開始令人感到困惑，總覺得他們說的話很有趣。

所以自己也在不知不覺間一起笑了。

臉頰會覺得有點痛，大概是因為已經有一陣子沒笑出聲音了吧。

在換教室時我也跟她們待在同個圈子裡，感覺真是不可思議。

以往為了躲避他人目光，用來當擋箭牌抱在手上的一疊課本，今天感覺格外輕巧。

來到目的地世界史教室之後，我跟她們一起坐在正中央的座位。

因為平時都坐在角落，教室看起來十分新鮮。

頭一次對老師那莫名奇妙的隨口閒聊感到有趣，或許是因為大家都在笑的緣故。

不過，上課的內容完全聽不進去。

這也是理所當然的，因為我一直在思考，現在發生的事究竟是不是求愛性少女症候群所造成的。

也想知道關於這些傷痕的事。

在思緒整理好之前就到了午休，我準備跟陽光男女團體一起吃午餐。

照這個情況看來，如果說沒想到自己會跟他們一起吃飯，那就是在說謊。

但因為不知道自己能不能繼續跟他們待在一起，我就這麼拿著便當盒呆坐在桌子前。

雖然不知道原因，但到了這個地步，我很清楚自己跟相澤同學她們屬於不同的團體。

不，從相澤同學她們的角度來看，我——或者該說小佐奈她們應該是遙遠的存在吧。

當我也認為她們是遙遠的存在，準備一個人吃飯時，隔壁座位的女孩對小佐奈說：

「小佐奈～妳沒忘記小露吧？」

因為突然被叫到名字，我忍不住抖了一下。

被叫到的小佐奈拿著自己的便當，走到呼喚自己的女孩面前。

接著聳了聳肩。

「不，與其說忘記，不如說今天的露露好像怪怪的，早上甚至還問了『我們是什麼關係？』這種問題。」

「這是真的嗎？小露妳怎麼了？」

「啊、啊哈哈……」

她們笑著將話題丟過來，我只能曖昧地笑笑。畢竟無論怎麼回答都只會顯得很奇怪，保持沉默應該才是對的……

此時群組裡的其他人像是在湊熱鬧似的聚集過來，一轉眼就將我們團團圍住。

「那麼，就去老地方吧！」

隔壁桌的女孩一手拿起準備打開的便當盒，另一隻手則拉住了我的手。

看來就算一起吃飯也沒關係。

接下來我就這麼被她們拉著走。

所謂的老地方竟然是跟相澤同學她們一起吃飯的教室，讓自己嚇了一跳，不過大家的笑聲很快就吹散了這種想法。

於是，我就這麼加入他們一起吃起午餐。

吃飯時，我投注更多心力不讓她們覺得奇怪。

拜此所賜，自己完全吃不出炸雞塊那道昨天剩菜的味道，有點可惜。

但是跟他們一起度過這半天，我也有所發現。

感覺不出他們想要欺騙我，或是捉弄我之類的惡意。

而是真心認為我是他們的其中一員。

不光是隔壁剛剛跟我搭話的女孩，從班上的角度來看也是一樣。

只能感到像在說「那群人還是老樣子吵吵鬧鬧啊」的視線。

就算對我來說不習慣，但是對大家來說早就習以為常了。

看來這裡似乎真的不會像平常一樣發生症狀。

雖然令人難以置信，不過從至今發生的事情來看，大概也只能承認了。

不僅碰到其他人不會感到疼痛，還是陽光男女團體的一員。

……老實說，我覺得稍微太過理想了。

想到這裡，自己手腕上的傷進入了視野之中。

就算被制服遮住，它們依然在向我宣示著自己的存在。

和這個太過理想的狀況大相逕庭的慘痛傷痕。

畢竟衣櫃裡沒有短袖服裝，我大概一整年都穿著長袖吧。

當然，就算在學校也是一樣。

為什麼我會劃出這些傷痕呢？

……這個群組的人知道「我」自殘的事情嗎？

還是說，這是新的求愛性少女症候群呢？

「現在開始來決定露露喜歡的東西吧！」

「……咦？」

因為突然被叫到名字，我慌張地朝著聲音傳來的方向看過去。

接著才發現不知道從什麼時候開始，小佐奈正窺探著我的表情。

她的臉上掛著壞心眼的笑容。

或許比不上娜娜，但莫名地有種妖豔感。

「剛剛呀，大家正在聊關於露露喜歡的東西的話題。」

「可是小露完全不講話，所以就由我們擅自決定嘍！」

「擅、擅自決定別人喜歡的東西是怎麼回事……？」

面對突然轉向自己的奇妙發言，我顯得十分狼狽。

究竟是聊了什麼話題才會變成這樣啊？

因為我完全沒在聽，根本不知道是怎麼回事。

看著這樣的我，小佐奈露出更燦爛的笑容，總覺得害羞起來了。

「來吧來吧！要是不快回答，就會一直由我們決定喔～？」

「這、這個……我喜歡的東西是……」

比起話題突然轉到我身上，最近幾乎沒想過與自己喜歡的東西有關的事，所以什麼都回答不出來。

最近我有什麼感興趣的東西嗎……

「露露喜歡的東西是～？」

「……是、是貓……」

基於無奈，我這麼回答了。

最近自己都在看貓的影片療癒心靈，就算說喜歡應該也沒問題。

在我回答的瞬間，小佐奈他們一起「噗——」地笑了出來。

或許是受到小佐奈他們的笑聲影響，隔壁教室也傳出了笑聲。

「等、等一下！露露真是可愛耶～！」

「不，可愛過頭了吧！」

「嗚、嗚嗚……」

聽他們這麼說，我的臉頰逐漸升溫。

因為太過害羞，我伸手摀住臉頰。

「害羞的露露也很可愛！」

「別說這種話啦……」

在那之後我依然不停地被捉弄，等到午休結束時，覺得有點累了。

但這段時光十分開心。感覺有種久違地享受到自己生活中缺少的快樂，因此也不自覺地放鬆了臉頰。

居然能在碰任何人都不會痛的世界裡像這樣與人開心地過日子，這是多幸福的事啊。

手腕上的傷痕，或許是因為懷疑自己是否能活在這麼幸福的現實世界而造成的。

一定是這樣沒錯，我這麼說服自己。

○

「我回來了～」

回到家以後，我直接返回房間躺在床上。

制服可能會變皺，但自己現在沒心情管那個。

已精疲力盡了……

與人交談竟然是這麼累的事嗎？

明明到國中為止我每天都會像這樣聊天，現在卻完全跟不上周圍的步調。

或許是因為這樣，有種其他人莫名地在顧慮自己的感覺……

不，絕對是這樣沒錯。

因為大家在聽我說話時都會刻意笑出來嘛。

要是一直聽著陽光男女在顧慮之下發出的笑聲，感覺內心會產生陰影。

到了那時候，我肯定沒辦法繼續聊天。

從明天開始，必須好好撐過去才行……！

……自己現在光是聊上一天就變成這樣，真的能夠撐過去嗎？

嗚嗚，感覺不安得要命。

為了預防話題轉向自己，事先在網路上搜尋一些有趣的話題會比較好嗎？

不過啊……網路上大多都是些老掉牙的話題。雖然是在開玩笑，但自稱網路中毒的他們或許也會知道那些內容，到時候如果又被陪笑實在很悲慘。

可是，我身邊又沒發生什麼有趣的事……

這時忽然回想起自己曾經因為求愛性少女症候群的種種，與模特兒等級的美少女以及千金小姐扯上關係的往事。

即使時間很短，內容非常充實。

儘管非常辛苦，但在我人生中遇到的事情之中，應該算是最有趣的吧。

「……說是這樣說沒錯啦。」

一旦把在那裡發生的事說出去，我相信自己一定會被罵。

如果是告訴口風很緊的人或許還有可能蒙混過去，不過對象若是小佐奈她們，總覺得事情一定會傳開。

這麼一來或許也有可能輾轉進到那兩個人耳裡，果然還是別說出來比較好。

畢竟要是惹那兩個人生氣，不知道會被怎麼對待嘛。

既然如此，我真的沒話題好說了。

「完全想不到……」

怎麼辦？

如果只是附和的話是很輕鬆，但要是持續太久，她們又會說「露露最近有發生什麼有趣的事嗎？」像這樣把話題轉到我身上啊……

我拿起手機，開始回顧群組裡的訊息。

雖然都是些沒營養的對話，不過搞不好能找到某種靈感。

放學之後似乎有幾個人要去打工，目前收到的訊息並不多，這是唯一的救贖。

……啊，對了。

在思考話題之前，有件事情必須做。

得趁現在把陽光男女們的姓名、外表和特徵，以及聊天時的頭像記住才行。

今天就算稍微搞錯名字也會被當成有趣的「話題」，但明天就不能這樣帶過了。

儘管是一段奇妙的緣分，想到有可能被趕出圈子就覺得很可怕。

會想盡辦法讓自己能夠留在圈子裡，一定是因為跟他們在一起很開心的緣故吧。

或許也能說是沒有我平常那種勉強自己的感覺吧。

即使露出討好人的笑容，也一點都不開心。

我也想開心過生活。

就算是為了這個目的，也必須想點辦法才行。

我開啟程式裡的群組成員名單。

加入群組的包含我在內共有五個人，有三個女生和兩個男生。

其中一個女生是小佐奈，頭像是拍得很不錯的自拍照，這麼好認真是太好了。從她在社群網站或教室裡的發言內容來看，能感覺出她就是率領這個群組的人。換個角度來說，也能說是很強勢吧，畢竟連面對男生都敢直接吐槽了。

另一個人是小尤莉亞。頭像是她家飼養的黃金獵犬照片。光看照片覺得很可愛，不過體型很大，養起來似乎很辛苦。

她看起來跟小佐奈一樣強勢，不過硬要說的話小尤莉亞給人的感覺比較溫柔，好像能從一些地方看出來，像是眼角之類的……？

……嗯，感覺現在無論怎麼想也不會有結果，還是繼續下去吧。

其中一個男生名叫弘樹，頭像是像鳥一樣的符號。印象中他好像說過那是自己喜歡的運動隊伍的標誌，但我不記得是什麼運動。

畢竟自己已經走上了與運動無緣的人生啊……

不過就算這麼想也無濟於事。

另一個人叫做淳。頭像是國中時跟班上同學一起拍的畢業照。弘樹同學也在裡面，至少他們兩個似乎就讀同一所國中。

我一直分辨不出這兩個男生。

大概是因為自己害怕直視他們的緣故吧。

由於已經好一陣子沒跟男生扯上關係了，使我無法面對面看著他們。

畢竟如果這麼做，就代表自己也會被對方盯著看。

我從未積極地和別人來往，面對男生就更不用說了。

老實說就算對象是女孩子，我也不想被她們盯著看，還是怎麼說呢……

可是無法分辨男生很致命。

要是其中一個人能用自拍照當頭像就好了。

這麼一來應該就能輕鬆分辨。

不過我也不是用自拍照當頭像，所以也不太能說得多篤定就是了……

……好，做好覺悟從明天起就看著大家的臉說話吧。

畢竟東張西望別開視線講話很遜嘛。

「但是在那之前，沒有能講的話題啊～！」

我忍不住叫出聲來。

結果又回到原點。

接下來要一直煩惱話題也太討厭了。

國中的時候，我是怎麼找出話題的呢？

嗯……好像幾乎都是跟排球社相關的話題，偶爾也會背地裡說討厭的老師壞話。

話說回來，我好像在與症候群的成員聚會時也講過老師的壞話。既然是在那裡也能說的內容，或許不錯。

乾脆不特別指定哪個老師，直接抱怨小考很麻煩怎麼樣？感覺這樣他們四個就能接續這個話題一直聊下去……

想到這裡，又覺得那樣不行而否決掉這個念頭。

畢竟那跟以前沒兩樣。

難得加入了有趣的團體。

我想進一步跟他們打好關係。

於是我用手機搜尋與人好好聊天的方法。

這個一心想做些什麼的行為就這麼持續著，直到媽媽因為我無論怎麼叫都不去餐桌來房間罵人為止。

○

現在是我暫時忘記群組的事，放鬆泡澡的時光。

也把被媽媽罵的事情忘了吧，畢竟自己不是故意不回應。而且就是那麼專心，反而應該得到誇獎才對。

要是在她面前講這種話只會延長說教的時間，所以沒有說出來。

「呼……」

我泡在浴缸裡嘆了口氣。

冷靜下來之後，直到剛才為止搜尋到和聊天相關的內容接連地浮現在腦海中，又一一消散。搜到的內容無論哪個都沒什麼亮點，跟相澤同學她們聊天或許無所謂，但對象是小佐奈她們……

……話說回來，我可以隨便地叫她小佐奈嗎？

不妙，開始有些不安了。

啊，不過現在也不能問她本人，就算了吧。如果只是用想的，就算用佐奈來稱呼她也沒關係吧。

……雖然實際上自己還是有點抗拒就是了。

明明對娜娜都能立刻直接用名字來稱呼呢……

畢竟就連那個艾莉姆我也毫不客氣嘛。

現在回想起來，總覺得自己好像做出了很不得了的事。

與那兩人一起度過的時間本身或許非常珍貴。

這麼說來，她們兩個現在在做什麼呢？

該不會跟我一樣，也沒有得到症候群吧？如果真是這樣，她們兩人大概會過著有點不同的日子。

……還是別繼續想下去了。

總而言之，網路上的文章幾乎無法當作參考。

不過網路文章大概都是那樣吧，這也沒辦法。

唯一令我在意的是一篇跟戀愛祈禱相關的文章。

而且比起戀愛，祈禱這個詞更加吸引了我的注意，就好像自己忘了某件重要的事情一樣……類似這種感覺。

不清楚是為什麼，心裡感覺非常糾結。

話說回來，今天早上好像也做了自己在祈禱的夢耶？所以才會這樣也說不定。

這時候，我看見了自己滿是傷痕的手腕。

不知道什麼時候出現的無數傷口。

以及儘管如此，自己與人接觸也不再感到疼痛或發癢。

「……不，不對。」

對了，我想起來了。

昨天晚上自己有祈禱。

就是最近在私帳上很流行的，能夠消除求愛性少女症候群的方法。

我將累積一段時間的「希望求愛性少女症候群消失」的想法付諸行動。

但是我以為既然會在私帳裡流行，就代表它沒什麼可信度。

所以只是打算用來安慰自己罷了。

難不成是因為那個的緣故，症候群才消失了嗎？

不，可是就連學校生活也澈底不一樣。

真的變成求愛性少女症候群不存在的世界了嗎……？

如果是這樣，與那兩個人講過話的事，在這個世界該不會也被當成沒發生過吧？總覺得有點寂寞……

不過我和那兩人終究不是朋友，單純只是共犯關係，為此感到難過會不會很奇怪啊？

應該說，症候群肯定是消失了比較好啊！

「……」

我目不轉睛地盯著自己的手腕，上面的傷痕會讓人不敢泡進熱水裡。

光是要洗身體或洗頭就非常辛苦，不僅碰到水很痛，碰到泡沫也一樣……

這就是症候群消失的證據嗎？

真是慘烈。

不過要是這股疼痛代表著症候群的消失，我覺得這樣也不錯。

畢竟自己的症狀大致上也會伴隨疼痛。

光是碰到其他人就會覺得疼痛或是發癢。

因為這個緣故，與人相處十分麻煩，我也不再發自內心地感到高興。

那段日子非常辛苦，厭惡得不得了。

而且最近在症候群的成員聚會中，產生「為什麼只有我的症狀好不了」這種想法的次數也增加了。

這件事讓我更加難受。

畢竟就是那樣嘛。從自己的角度來看……她們兩個彷彿過著感覺不到症候群的生活，盡情享受每一天。

一個是讀者模特兒，另一個則算是見習漫畫家。看見那兩人過著光輝燦爛的生活，我甚至會感到嫉妒。

我好幾次想過，這或許是因為自己沒有才能。

所以才非得過著這麼痛苦的日子吧……越是這麼想，就越能感覺到自己心中不斷累積起某種沉重漆黑的情感。

結果便做出了這種祈禱，它的效果非常不得了。

今天雖然頻繁地和小佐奈她們產生肢體接觸，卻絲毫沒有感到疼痛。

我也試著下定決心主動伸手，還是沒有任何感覺。

倒不如說大家回應給我的笑容，讓自己產生了想進一步觸碰他們的想法。

想到這裡總覺得有點變態，但我又沒有那種打算……

只是單純地想牽手而已啦，嗯嗯。

「因為症候群什麼的已經不存在了嘛……」

我打從心底這麼想著。

並對這個現狀感到喜悅。

不僅症候群消失，還加入了有趣的陽光男女團體。

簡直就是自己夢寐以求的事。面對這種狀況，不開心才奇怪。

我小小地做出勝利姿勢來表示喜悅。

臉上果然沒有在笑的感覺，只要接下來變得能夠露出笑容就行了吧。

之後各方面一定都會逐漸變好才對。

雖然只能祈禱，希望事情能變成那樣……

首先，從明天起就在那個團體裡愉快地度過吧！

○

「就、就是說啊！我也每次都那麼想！」

「我超懂的～」

今天或許狀況不錯……！

我內心這麼想著，現在是隔天的放學後。

大家一起圍著桌子一邊吃零食一邊閒聊。

自從升上高中之後，要是沒有什麼事我通常會直接回家，所以至今都沒做過這種事，稍微有點興奮。

其中也包含了做出像高中生行為的亢奮感。雖然我到國中為止也會跟人聊天……但畢竟禁止帶零食嘛……真的可以做這麼有高中生風格的事嗎？

應該可以吧！

更何況從今天到目前為止的聊天情況來看，我想自己聊得很好吧。

也有好好地分辨出他們的名字跟外表。

「今天西村出的作業挺不妙耶，怎麼辦？」

「量實在太多了，感覺就算用上整個週末也做不完。」

「就是說啊。」

果然無論在哪個團體，說老師的壞話似乎都能當作一個好的聊天話題。

「現在趕快做一做不就好了？」

「怎麼可能做得快啊！你替人家做嘛～」
「不不，我才不這麼做，教妳倒是沒問題。」
「真的嗎？好幸運～！大家一起做吧！」
因為沒人有理由反對，大家就這麼一起開始寫作業。
我們將一疊講義放在桌子上，一題一題寫了起來。
負責教人的淳同學看著大家的情況，偶爾也會指導有地方不懂的同學。
淳同學的考試成績似乎很好，所以才會面對這麼多作業也能一派輕鬆地教人吧。
而且比起努力，感覺這更像是天生的才能，真讓人羨慕。
「話說回來，如果我變成有錢人，會有人願意來當管家或是女僕嗎？」
弘樹同學一邊接受淳同學的指導，一邊這麼說道。
有錢人和女僕。這些詞彙雖然很讓人在意，但我繼續寫作業。
「誰知道呢？或許是一半一半也說不定。」
「是指有些人願意，有些人不會的意思嗎？」
「就是這樣。不過像是艾莉姆同學就不會自傲於千金身分，願意這麼做吧。」
艾莉姆！

「啊～嗯！感覺會耶！」

與認識的人有關的話題突然出現，使我的心跳快到像是要飛出來一樣。

為了不讓他們發現我心跳變得很快，將視線移回題目上。

卻剛好遇到看不懂的問題，時機真是糟透了。

正當我想著該怎麼辦的時候，他們說出了更有衝擊性的話。

「這麼說來，艾莉姆同學怎麼了啊？最近好像一直都沒來學校耶？」

沒來學校？

那個艾莉姆居然？

這怎麼可能……

「艾莉姆同學是指那個千金小姐？」

我忍不住從作業中抬起頭來這麼問道。

「沒錯沒錯！就是那個渾身不斷散發難以親近氛圍的女孩子。好像已經有兩個禮拜左右沒看到了吧？」

「好、好像真的是這樣……」

「明明就算引起話題也不奇怪呢，畢竟是千金小姐嘛。」

為了不被發現內心的動搖，我迎合著話題。

居然已經兩週沒來了，代表問題很嚴重吧……？

艾莉姆雖然會抱怨自己的遭遇，應該不會不來上學才對。

還以為這點就算世界發生變化也不會改變，原來並非如此嗎？

之前那個世界的艾莉姆甚至曾經因為這個緣故回不了家。

既然如此，怎麼會變成這樣呢？

不過沒有上新聞，應該能暫時當作沒有發生事故吧？

我可以放心嗎？

要是這樣自己會很開心，但也有可能只是事情沒有公開而已。

從前一個世界的艾莉姆的貼文來看，她的父母似乎是很愛面子的人。

如果是這樣，該不會艾莉姆也是因此被看不起吧……？

雖然不想思考這種可能性，但未必不可能。

一想到這裡，我變得非常害怕。

也有可能是發生了事故也說不定。

我不希望她因為千金小姐的身分而被人綁架，然而卻有這個可能性。

就算知道她是另一個艾莉姆，由於我們在締結共犯關係之後聊了不少事情，所以我非常擔心。

或許該說，既然跟自己有關的人被捲入了事故，就會令我覺得這並非事不關己而感到害怕。

「露露知道些什麼嗎？」

「不，什麼都不知道耶……究竟是為什麼呢？」

目前這個世界和另一邊相同，都是校慶剛結束的時期。

因為艾莉姆畫了校慶宣傳手冊的封面，所以搞不好這裡的她也加入了漫研……？要是有加入，那邊或許有人知道情況也說不定。

雖然不知道另一邊發生的事能派上多少用場，應該有一試的價值。

「我知道她的下落喔！」

坐在前面的女孩突然從手機上抬起頭來，加入了我們的對話。

因為她一直認真地看著手機，大家都被她突如其來的發言嚇了一跳。

但我現在還是比較在意她知道艾莉姆的下落這件事。

手上的自動筆也不知不覺掉到了地上。

「咦？真的假的？」

「妳想知道嗎？」

見到她用不懷好意的視線笑著看我們，我倒吸了一口氣。

「嗯——也沒那麼想啦……」

「我、我想知道！」

我的身體自然地前傾，大聲地說著。

似乎是因為自己喊得很大聲，周圍的目光都聚集過來。

視線真令人難受。

即使如此，我還是不得不問。

就算是偶然，就算世界不同，我們也是聊過天的朋友。

希望艾莉姆能平安無事，就算不是也想知道她的情況。

「居、居然這麼想知道？露露跟艾莉姆同學有什麼交集嗎？」

以小佐奈為首的眾人都一臉困惑地看著我，自己不禁緊張起來。

不妙，氣氛被我搞砸了。

明明好不容易打成一片的，這樣不太好。

但是，我有種要是現在不弄清楚一定會後悔的感覺。

「雖然沒有交集……可、可是千金小姐的下落任誰都會在意吧？」

自己盡可能迅速地找了個不奇怪的藉口，臉上也露出笑容。

聽我這麼說，小佐奈噗嗤一聲笑了出來。

「沒想到露露居然喜歡八卦耶～」

「真的真的，可是在意的事就是會在意嘛！」

就像這樣，他們似乎都接受了我的說法。

儘管大家嘴上說三道四，但要說不在意肯定是騙人的。

艾莉姆是個顯眼的女孩真是太好了。

「妳眼光真好，這個傳聞非常有趣喔。」

「非常有趣……？」

就算被說眼光很好，我也一點都不覺得高興。

不知為何有股不好的預感。

「其實啊，好像有人在夜晚的聲色場所看到那個千金小姐喔。」

怎麼會，不可能吧。

我的臉上浮現冷汗。

「夜晚的聲色場所？怎麼可能，又不是娜娜學姊。」

「沒錯，好像就是跟那個學姊在一起喔。或許是因為念同一所高中，所以她們才會待在一起。」

無論是哪個艾莉姆，都不可能會去那種地方。

雖然這麼想著，心中就是冷靜不下來。

「會不會是看錯了，或只是長得很像的其他人呢……？」

我像是冀求一絲希望似的試著提出其他可能性。

這想法出自於我個人的希望。

「雖然我也這麼想……但看到她們的人視力非常好，也不是個會說謊的人，所以只能相信了。」

在我看來這只是個曖昧的情報，她似乎已經相信了。

代表她就是這麼相信聲稱看到了這件事的人吧。

這種信賴在這當下讓我覺得不舒服。

「而且啊，要是她的家人也認為這種事情不能聲張，不就能理解老師們為什麼都沒說了嗎？」

「原、原來如此……」

對此自己只能點頭反應。

既然她這麼說，我不僅無從反駁，還似乎快要認同了。

說起來，連娜娜都變成那樣了嗎？

這個世界究竟發生了什麼事啊？

為什麼那兩個人會去那種地方呢？

如果可以，我想直接跟她們見面問個清楚。

這一帶的聲色場所我只聽過那裡……我想去那裡找她們兩個。

然後直接跟她們談一談。

究竟是莫名的正義感，還是義務感呢？

連這點都無從判斷的感覺正驅使著自己。

○

今天到途中為止明明很順利的……

自從話題轉到娜娜和艾莉姆身上，我的意識就澈底轉到那上面。

受此影響，團體之後的聊天內容幾乎都被我當成了耳邊風。

儘管自己搪塞說「放學後有時候會很累嘛」，大家也都不怎麼在意的樣子，但還真是做了件差勁的事呢……

不過，這件事就是這麼有衝擊性。

沒想到娜娜和艾莉姆竟然會不來上學，還待在聲色場所裡。

真令人不敢相信，甚至想反覆進行確認。

雖然不想被覺得煩人而沒這麼做，但在自己的腦中正不斷地問著她們兩個。

……仔細想想，如果是娜娜好像還稍微能理解。

不過，即使如此，就算品行不太好，她看起來也不像是會做出這種事的人。

難不成是因為沒有症候群的關係……？

不會吧，怎麼可能。

當我獨自想到這裡，腦袋一片混亂的時候，手機傳來收到一則訊息的聲音。

原以為是群組訊息打算無視，但在見到訊息發送者的名字之後瞪大了眼睛。

——露露。

她的名字，甚至頭像都跟我一模一樣。

為什麼？

我一邊這麼想，一邊打開了訊息。

『收到了嗎？』

傳來的就只有這麼一句話。

露露
收到了嗎？
Aa

◇非日常的聯繫

——露露。

「咦，真的傳來了……？」

與我有著相同名字和頭像的帳號回覆了訊息。

由於感到害怕，我暫時讓螢幕進入休眠狀態。

雖然懷著希望對方能看到的想法送出訊息，沒想到真的傳得過去。

而且甚至收到了回覆，怎麼可能不驚訝。

起初還以為是因為故障之類的理由，自己的帳號才會顯示在朋友名單上。

畢竟就一般而言，沒有人會覺得能和不同世界的「自己」取得聯繫。

既然能收到回覆，代表訊息真的傳過去，另一邊的露露也看到了訊息吧。

那麼，這個世界真的是……？

想像中的事情真的發生在自己身上了嗎？

在感到動搖的同時，我重新開啟螢幕確認訊息。

『我看到訊息了，您真的是露露同學嗎？』

……這個女孩居然對自己加敬稱，還用敬語。

這讓我感到有點……不，是非常奇怪。

不過如果自己站在同樣的立場，大概也會跟她一樣拘謹吧。

與其說「我們或許是擁有相同名字的同一個人，但是因為不在同一個世界就算不同存在」，不如說肯定是因為收到來自陌生人的訊息才變得拘謹吧。

那邊的露露一定也是這麼想。

越想越覺得真是有自己的風格。

我忍不住差點笑出來，但現在不是做這種事的時候。

必須確認狀況，統一彼此的認知才行。

我再次傳出訊息，並附上事先拍好的照片。

『這樣妳能相信了嗎？』

雖然現在是我自己的身體，不過以外表而言是另一個露露。

畢竟沒有本來在我手腕上的傷痕嘛。

『相信了，我是不是也傳張照片比較好？』

大概是看到照片讓她驚訝了好一會兒，過了一陣子才回覆訊息。

『只要拍手腕的照片給我就行了。』

比起外表或其他東西，那是最能夠代表自己的證明。

『明白了。』

又過了一陣子，她傳了其中一隻手腕的照片過來。

照片上拍到的無庸置疑是我自己劃出的傷痕。

隱約看得出何時劃上的傷口就在那裡。

「那麼，這裡真的是……」

當我發現自己推測的「與其他世界的自己交換了」假設成真時，感到非常吃驚。

這是因為比起能夠傳送訊息，我更不相信會發生這種事。

但是傳過來的照片上毫無疑問有我自己的傷痕這項證據，而且就連現在也能實際進行交流。

「真不敢相信……」

我依然沒有實感。

這簡直就像是在看動畫或漫畫一樣。

不，因為狀況變成有兩個自己，或許用糟糕的玩笑來形容比較好。

……如果真的是在開玩笑該有多好。

『依照我的假設，我想自己應該是跟其他世界的露露交換了身分，妳怎麼看？』

『我也這麼認為。』

因為回覆的速度比想像中還快，我感到有些困惑。

她真的跟我想著類似的事情嗎？

難不成只是在隨口應付？

……如果真的是在隨口應付，應該不會用這麼有禮貌的方式回信才對。

這個狀況大概什麼都沒在想吧，換作是我，一定就是這樣。

『其實妳對現在的狀況沒有想那麼多吧？』

為了確認，我試著傳出這樣的內容。

假如只是隨口應付，她應該會立刻發火，不會再有反應才對。

其實我只是猜測可能會這樣也說不定，但若真是如此好像也……

『說來慚愧，正如您所說。雖然被突然發生的事嚇了一跳，不過我沒有去思考理由究竟是什麼。』

似乎真的被我猜中了。

連回覆的反應都如同預期，那股她真的就是自己的感情變得更強烈。

總之我打算傳張貼圖，發現同樣的貼圖早就下載好了。

便從中挑了一個傳過去。

這是一種從一般角度來看稱不上可愛，但自己莫名喜歡的貼圖。

而且就算她真的沒想那麼多也無所謂。

就當作我的想法是正確的吧。

『總而言之……先做個自我介紹比較好嗎？』

面對她過一陣子之後傳來的訊息，我稍微笑了出來。

又不是在聯誼上跟初次見面的其他學校學生聊天，不必那麼做也沒差吧。

『既然我們是同一個人，不必那麼做也沒關係吧？話說回來，不必再用敬語了，感覺好奇怪。』

『如果說不希望我用敬語，倒是可以不用……雖然我們都是露露，但是我可沒有這種傷痕耶？』

被說到痛處了。

的確，現在我的手上沒有傷痕。

而且有所交流的人也不一樣，那麼我們果然是不同世界的人嗎……？

『說得也是。總之先把彼此的事情告訴對方吧。』

『知道了。』

在那之後，我們開始分享彼此的情報。

我們擁有相同的名字，生日也是同一天。

年齡也相同，喜歡的食物也一樣。

由於我們都是露露，因此不斷重複著理所當然的回答。

不過，待的團體卻截然不同。

關於那方面，我們決定一起討論。

『嚇了我一大跳呢，沒想到居然能加入陽光男女的團體。』

『不不，從國中的情況來看，不覺得這樣比較能接受嗎？反倒是我才吃驚呢。』

『啊，說得也是喔……』

話雖如此，我這幾天試著跟相澤同學相處下來，卻沒有感覺到異樣。

起初雖然很不願意，但對於總是被熱鬧到堪稱愚蠢的氣氛搞得筋疲力盡的我而言，這種平靜的對話反而讓人覺得開心。

『話說回來，因為不知道該怎麼應對，我直接叫了一次相澤同學的名字，如果因此害妳被覺得哪裡怪怪的話就抱歉了。』

『我一開始在看見群組訊息大量冒出來的時候也無法好好應對，該說彼此彼此吧。』

『啊～那個啊……大概沒辦法吧。』

要是不習慣，那個就算想回覆也無可奈何吧。

因為他們也經常用貼圖或單一詞彙來交談，就算想跟上話題也是不可能的。

只能看氣氛走一步是一步了。

『……沒辦法嗎？就算是這樣，還是有可能被覺得很奇怪。要是恢復原狀的時候情況怪怪的就抱歉了。』

「啊……」

見她說到恢復原狀，這才發現自己完全沒想過這件事。

我覺得維持現狀也不錯。

畢竟來到了自己所期望的世界。

只要能夠像這樣不傷害自己的身體，安穩和平地度過學校生活就足夠了。
這件事一定能在這個世界實現吧。
不過呢，必須討論這些細節也是事實。
我一邊對她願意說明感到高興，一邊做出回覆。
『他們不會在意那種小事，別擔心。』
『是這樣嗎？』
『不如說妳覺得他們會在意嗎？』
『這麼說很抱歉，但看起來不像耶……另外，剛剛家裡說開飯了，我離開一下喔。』
「露露～吃飯嘍～」
「……好～」
『知道了，我也被叫了，就先離開嘍。』
我們真的幾乎一樣呢。
我忍著開始有點不太舒服的感覺，下樓前往客廳。
雖然並非完全相同，但從世界規模來看連誤差都稱不上。
話雖如此，或許都是因為配合最晚回家的弟弟開飯，所以才會這樣也說不定。

嗯？也就是說無論哪個弟弟都很努力參與社團活動嗎？

看他本人還是老樣子，一副看似很累，但又表情舒暢滿臉是汗的模樣。

作為姊姊是很佩服啦……不過為什麼會感到鬱悶呢？

不，在吃飯前還是別想東想西了。

坐上餐桌之後，桌上已經擺好媽媽做的晚餐。

用的也是平常看習慣的餐具。

上面依然存在著由於長期使用而造成的磨損痕跡。

「我要開動了。」

雖然不期待有多好吃，不過味道就跟平時一模一樣，是習慣的味道。

要從身邊的事情找出差異或許很困難。

儘管如此，為什麼我跟另一位「露露」會過上不同的校園生活呢？

接下來跟她聊過之後，會有什麼發現嗎？

這麼說來，印象中好像有個詞彙代表哪怕只是一件小事，一旦發生就會對將來產生天翻地覆的變化。

那個叫做什麼呢……？

『這個著名的賞花勝地，也吸引了許多美麗的**蝴蝶**造訪……』

這時候電視裡傳出這麼一句話。

畫面正遠遠地拍著一群飛舞在美麗花圃上的**蝴蝶**。

美麗的**蝴蝶**、**蝴蝶**……？

啊，對了！

「**蝴蝶**效應……！」

我這麼說完之後，餐桌安靜了下來。

露出驚訝表情的父母，以及眼神冷淡的弟弟同時盯著我看。

「怎麼突然講這個？」

「沒、沒什麼！」

受不了這種氣氛的自己，在那之後一直低著頭。

但是在這段期間，我一直思考引起**蝴蝶**效應的露露究竟是哪一邊……

○

吃完晚飯之後，我回到房間打開手機。

接著立刻收到露露的訊息。

『我回來了喔。』

還立刻傳了貼圖過來。

「可是話說回來啊……」

『只要收到訊息就能知道對方回來了嘛……特地講這種話，不覺得我們忽然變得很像一對情侶嗎？』

『咦？別講這種話啦！害我突然感覺害羞了耶……』

一想到跟自己有同樣外表的人正在害羞，連我都跟著害臊起來，真希望她別這麼做。

呃，現在不是說這個的時候。

還有好多事必須問清楚才行。

更何況還有作業要做……

不過今天的作業都不怎麼麻煩，應該能邊做邊問吧？

為了保險起見，我也提醒另一邊的露露要記得做作業。

只見她也立刻回覆表示了解。

隨後再次傳來訊息。

『如果要一邊寫作業一邊聊，或許打電話會比較輕鬆呢。』

聽她這麼說，或許真的是這樣。

畢竟可以不用一直盯著畫面看。

『不過，真的能夠接通嗎？』

明明身處的世界不同，聲音真的傳得過去嗎？

『既然都能夠傳送訊息了，一定可以接通的！』

這麼想也是呢，我也接受了。

更何況連內在交換這種事都發生了。

這個世界就算再發生什麼事情，應該也都不奇怪吧。

『說得也是呢，不過，妳現在能通話嗎？』

『可以啊，妳那邊呢？』

『我也沒問題，那麼要試試看嗎？』

『嗯。』

……連有空的時間也一樣嗎？

雖然不太確定，但能夠通話就再好不過了。

我懷著有些緊張的心情按下通話鈕。

鈴聲響了一會兒之後，『喂——』的聲音傳了過來

聽到這個聲音，我反射性感到毛骨悚然。

這個感覺是……

把這個當作自己的錯覺，我也回了一聲：「喂。」

緊接著對方便輕聲地發出驚呼。

……看來她也產生了同樣的感覺，這似乎不是自己的錯覺。

於是我迅速開始輸入訊息。

『不想隔著電話聽見自己的聲音呢……』

就是這樣。

隔著電話聽見自己的聲音實在相當難受。

應該說至今都是透過訊息溝通，似乎使我沒那麼明白我是在跟自己交流。

即便能夠接通讓人感到興奮，但聽見自己的聲音卻又感到掃興。

就算是模仿，也不會這麼逼真吧。

終於體會到我是在跟自己打交道了。

『嗯，難得接通了，不過還是掛掉吧……』

『儘管有點麻煩，還是用訊息來交談吧。』

在表示同意之後，她隨即切斷了通話。

『說得也是呢。』

而且，也得把作業好好寫完才行。

『那麼，妳為什麼要這樣傷害自己呢？』

「……唔！」

明明是早就猜到會出現的問題，但我還是很煩惱該怎麼回答。

握著筆的手也不知不覺地加大了力道。

該怎麼回答才能讓另一邊的露露接受呢？

明明同樣都是露露，我卻完全沒有頭緒。

……不，就算是同一個人，有沒有傷痕或許大不相同。

畢竟就我看來，反而不清楚她怎麼能夠忍著不傷害自己。因為在校園生活中，明明有一堆既難受又累人，讓人想要發洩的事物。

那麼，還是把她當成其他人比較好嗎？

但若是那樣，共通點又太多了……

討厭，真是的！

明明只是想讓一切好轉，總覺得要考慮的事情變多了。

到底為什麼會變成這樣啊，真討厭……

『不久之後，那邊的妳也會明白喔。』

煩惱到最後，我決定不說明理由。

因為實際上就算要說明，自己也沒有能說得出口的正經理由。

話雖如此，她大概也不會接受含糊其詞的說法。

那還是一開始就不解釋比較好。

『總有一天會明白，是指我也會想傷害自己的意思嗎？』

『這我就不知道了。』

『妳不害怕嗎？』

這是我在私帳上傳割腕痕跡時也被問過的事。

幾乎所有想割腕卻無法下手的人，大概都是因為害怕才做不到吧。

我非常清楚害怕的心情。

即使如此，自己還是……！

『那只有一開始，馬上就不會怕了。』

我壓抑自己真正的心情，佯裝出不怎麼害怕的樣子。

在我心中多少存在著想拿戰勝恐懼這件事炫耀的想法。

『是這樣嗎？』

『其他人不清楚，但我是這樣。』

『這樣啊，真厲害呢。』

「嗚……」

被稱讚厲害了。

當然會這樣說吧。

在想割腕卻做不到的人面前，割腕痕跡是一種勳章。

這種狀況我在私帳看過好幾次了。

明明是因為這樣才想炫耀的，但實際被稱讚後，我的內心卻隱隱作痛。

『沒那回事，畢竟還是會痛嘛。』

所以立刻說出了否定的話語。

『說得也是呢，例如洗澡的時候實在非常難受耶。』

「或許是這樣沒錯。」

儘管早已習慣自殘，我仍然不習慣洗澡時的那股疼痛。在剛割完的時候，也會擔心地板或牆壁上有沒有沾到血。

而且一想到要是發出太大的聲音或許會讓媽媽過來看到手腕的樣子，就沒辦法出聲發洩疼痛了。

因為最近沒有割腕，我想應該不要緊才對……

要是不習慣，無論做什麼都會痛也說不定，這或許不是件好事。

『讓妳感到疼痛是我不好，不過應該沒讓人發現吧？』

總覺得道歉也不太對，我也只能先承認自己的過錯。

『這方面我想大概不要緊。畢竟覺得是不該被人看見的東西，所以有盡量藏好……妳在上體育課的時候都怎麼辦？』

『最近好不容易能好好活動了，但如果妳覺得自己做不到的話就休息吧。』

直到這時候，我才終於稍微有種必須快點恢復原狀的感覺。

『明白了。』

「……假如沒被任何人發現就太好了。」

要是被發現，我的生活肯定會發生巨大的變化吧。

肯定會被認為生了病，必須受風評不佳的學校輔導老師關照，最糟的情況大概還得前往醫院就診。

不，如果只是這樣倒還好。

最大的問題是周遭的人對我的看法會產生改變。

首先，家人肯定會把我當成一個不得了的麻煩人物。

爸媽或許會擔心，但弟弟肯定不會這樣，而且也會對他的人際關係產生影響。

明明他那麼努力，或許會因此而得不到回報。

即使感覺不到他對姊姊的尊重，也不希望他對我抱持敵意。

這樣就連在家裡也會覺得不自在。

而且那個團體的其他人肯定也會退避三舍吧。

就算沒有被嚇到，一定也會擔心我為什麼會這麼做。

不知道屆時自己該怎麼回答才是正確的。

該坦率地講出他們就是原因嗎？

還是隱藏真心，笑著說不要緊就好了？

面對這種無法向任何人吐露的問題，肯定會比現在更加痛苦。

到時候，我真的有把握不會做出比割腕更激烈的事情嗎……？

『怎麼了？露露！』

這時候我才發現她正不斷地發送貼圖。

連續傳了無數個露出困擾表情的松鼠圖案。

而且我的手完全沒有寫作業的打算。

『沒事。比起這個，倘若兩邊都叫露露很麻煩，要不要想個別的稱呼方式？』

『舉例來說？』

沒想到會立刻得到回應，我思索了起來。

不過如果想太久好像也會讓她起疑，所以我馬上發出訊息。

『像是露露一號和二號之類的？』

『好土。』

她立刻做出回答。

由於她到目前為止都很有禮貌，突然講出的壞話傷害更大。

『不用說得這麼過分吧，不然妳有什麼想法嗎？』

這完全就是惱羞成怒，但要是不這麼說我實在嚥不下這口氣。

『表露露和裡露露怎麼樣？』

隔了一會兒，她這麼做出回覆。

『為什麼會這麼稱呼？』

『因為割腕有種陰暗的感覺，所以妳是裡露露（註：「裡」在日文裡有陰暗的意思），怎麼樣？』

「真窮酸的想法……」

而且，能夠說出自己是「表（註：「表」在日文裡有陽光、正面的意思）」也很厲害，生活在陽光底下的人是不會用私密帳號的。

但是點出這件事也很麻煩，繼續深究感覺也很蠢。

所以我決定就這麼帶過。

『那麼接下來請多指教嘍，表露露。』

『嗯，請多指教，裡露露。』

此時，我突然想起私帳的事。

這麼說來，她會怎麼處理我手上的私帳呢？

自己曾不經意地打開過，所以知道另一邊的露露也有私帳，但之後就沒有再碰過了。

懷著希望她也是一樣的想法，我試著開口。

『妳有看我的私帳嗎？』

『出於平常的習慣，我有看過動態，但也僅限如此。』

『也是呢，太好了。接下來也請妳維持現況嘍。』

『嗯，那倒是無所謂啦……』

『怎麼了？』

『無論是哪個世界，私帳都差不多呢。』

『私帳不就是這種東西嗎？要怪就怪讓人不開私帳就混不下去的世界吧。』

『說得也是呢。』

要怪也輪不到我們。

『話說回來，我有件事情想問。』

表露露這麼說著，但我覺得有些睏了。

『我睏了，明天再說吧，晚安。』

『嗯，晚安。』

雖然剛剛說過那種話，不過像這樣互道晚安感覺有點像情侶耶。我腦袋昏沉沉地這麼想著。

○

這麼說來，自從更換身體之後就一直覺得不太舒服。

應該說是很容易累嗎？

明明沒做什麼花力氣的事，回到家後總是會自然地躺在床上。

有時候還會直接睡著，被媽媽罵的次數也變多了。

其他還有很多像是肚子痛，或是手部發癢之類輕微的生理不適，這也讓我感到疲勞。

這個世界的露露雖然沒有傷痕，或許身體不太強健。

我決定像這樣說服自己。

○

「欸，露露。」

「有、有什麼事嗎？」

「……」

隔天放學後，沒想到居然有高年級生找上我。

側臉看起來似曾相似，但只有一瞬間所以無法確定。

只看到緞帶的顏色不同，所以覺得應該是高年級生……

是表露露的熟人？如果是這樣還真是粗魯。

在準備回家的時候手被抓住，就這麼被帶到了空無一人的教室裡。

倘若對方是男生，就算他是表露露的男朋友，我肯定也會發出尖叫。畢竟不知道會被怎麼對待嘛……

呃？咦？等一下？

假如她們是情侶該怎麼辦？

這在某種意義上很讓人困擾，而且直到這時候才要我想辦法應付，實在有點過分耶？

話說如果有戀人的話，希望她能先知會我一聲……

倘若對象是女孩子更是如此。

因為不清楚她們的關係，使我腦中充滿了暴力和性相關的想像。

人竟然能夠想像這麼多接下來或許會發生的最壞情況，我在腦海角落暗自感到佩服。

「妳、妳突然間做什麼啊？」

我設法擠出的這句話，使她肩膀抖動了一下。

接著她慢慢地轉頭朝我看過來。

「我說，妳不是露露對吧？」

她銳利的目光彷彿能將我的心澈底看穿似的。

心想為什麼會被發現的同時，我想著她只是隨口亂說，並拚命裝出笑容。

「為、為什麼要說這種話，實在莫名其妙耶……」

我沒有說謊。我也是露露，不過是另一邊的露露罷了。

沒問題，就假裝冷靜請這個人離開吧……

「露露她啊，是我的女朋友喔。」

「噫！」

然而自己先一步失去了冷靜。

她用手撫摸著我的臉頰。

那隻有些冰涼的手，感覺就像在強調我正在發熱一樣。

「今天明明是我們約會的日子，但是因為等了好久露露都沒出現，所以猜想搞不好是這樣……」

真的是這樣嗎……？

如果是真的，回去之後必須好好質問表露露，搞清楚我究竟是怎麼跟這種美少女成為情侶的。

話說回來，她也太漂亮了。究竟要吃什麼才能變得這麼可愛啊？

這麼標緻的臉貼得這麼近，讓我感到十分害怕。

再這樣下去，我會被引導到奇怪的方……

「騙妳的喲♡」

「……咦？」

自己的腦袋完全跟不上她在我耳邊輕聲說出的這句話。

隨後她「噗——」的一聲，直接在我耳邊笑了起來。

騙、騙人、騙人的……？

此時自己終於明白了她的意思，並且朝她瞪過去。

「請、請不要亂開玩笑啦……！」

「妳也別當真啦，我可是拚命在憋笑呢。」

她一邊說一邊繼續笑著，這讓我覺得有點不開心。

但是再怎麼說也是學姊，所以我拿她沒辦法。

總之我想盡快離開這裡，便拋下一句「我先告辭了」就打算離開。

不過再次被她抓住手阻止。

「有、有什麼事嗎！我要叫老師嘍！」

「別那麼生氣嘛，稍微冷靜點。」

我心中充滿了「這罪魁禍首在說什麼啊」的心情。要是她再繼續糾纏，大概也只能叫老師了吧……

「畢竟妳肯定是冒牌貨嘛。」

她再次露出銳利的眼神注視著我。

「……妳能確定我不是露露嗎？」

「嗯。因為妳不是對我用了敬語嗎？我對真正的露露說過不必用敬語了。」

「那個……」

我並不知道這件事，也沒有想過要問。

說到底，自己也不知道沒有參加社團的表露露居然跟學姊有交集。

「明明是這樣，在兩人獨處時還用敬語很奇怪對吧？」

「……是很奇怪呢。」

「沒錯吧～？」

簡直就像推理劇中的犯人被逼得走投無路一樣。

令人覺得非常坐立難安。

「能不能接到飾演名偵探的案子啊，像是女高中生偵探之類的。」

……或許沒那回事。

看來她似乎是個很隨興的人。

這方面跟小佐奈她們很像，但最大的不同是她有著一副真的有可能接到某些委託的姣好臉蛋。

畢竟我也因為這樣差點就心動了嘛……

嗯，還是忘了這件事吧。

「不過，即使如此我還是很在意。」

「在意什麼？」

「妳為什麼刻意指出我是冒牌貨呢？一般不會想到可能發生這麼奇怪的事吧……」

她一定很清楚，要是說出這種話事情肯定會變得麻煩才對。

到底是為什麼呢？

「咦，只是單純的好奇心而已啊？」

沒想到她竟然加上問號把問題扔回來。

看心情而活的人就是這樣呢……

「也有懷疑是不是得了新的症候群的想法就是了。」

「……症候群？」

沒想到會從她嘴裡聽到這個詞彙，使我忍不住反問。

是指什麼症候群呢?

昨天表露露沒有提過這件事。

「咦?妳不知道嗎?」

她似乎對我不知道這件事感到很驚訝。

是生了什麼病嗎?

不,要是真有什麼痼疾應該會更好理解,家裡也會準備藥吧。

然而到處都沒見到那種物品。

那樣一來,是某種別的東西嗎……?

這麼重要的事,她為什麼沒有告訴我啊?

無論如何,看來回去之後有必要好好質問表露露一番了。

話說回來,症候群這個詞有種比割腕還要更不妙的感覺耶……?

「症候群是指什麼呢?麻煩妳告訴我。」

「嗯~該怎麼辦呢~」

她用手抵著下巴,裝出在思考的樣子。

那個動作讓我自然地產生了戒備。

有種她正在打什麼壞主意的感覺。

「怎麼辦是什麼意思？」

「因為就算講了我也沒好處吧？」

話是這麼說沒錯啦……

「……就當作是學姊對學妹的好意吧。」

「我們又不是那種關係。」

那拜託妳一開始就別靠近我啦……！

請別擅自靠過來，拋下重要的單字之後就離開好嗎！

「要是無論如何都想知道，請我喝草莓牛奶就告訴妳喔。」

「如果這樣就行的話……！」

她或許是個比想像中更好說話的學姊。

「另外——」

「另外？」

感覺冷汗流過自己的臉頰。

「可以請這位不知何方神聖的小姐告訴我，妳進入露露身體裡的來龍去脈嗎？」

「咦？這樣對我才沒好處……」

「妳不想知道症候群是怎麼回事嗎？」

她的雙眼這麼向我詢問。

那個眼神讓我察覺，她非得在此時此刻問出來不可。

「我、我說！說就是了，所以請告訴我吧！」

所以自己不禁脫口而出……！

眼前的美少女不懷好意地揚起嘴角。

就算我後悔不該說出口也已經太遲了。

○

在因好奇心而步步進逼的美少女學姊——娜娜的慫恿下，我一五一十地說出了所有目前發生在我們身上的狀況。

而且，她還說有其他人跟這件事有關，並把對方叫過來。

令人吃驚的是，在她說想安靜地談談而帶著我前往屋頂之後，等在那裡的又是一個美少女……或許該說，是連我都有印象的校內知名人士。

艾莉姆同學。

她是個刻意不跟任何人接觸的孤傲千金小姐。

但是，那是在我的世界的情況吧。

原以為她只是偶然待在這裡，沒想到居然會跟娜娜學姊親暱地聊天，讓人懷疑是在開什麼玩笑。

就算艾莉姆同學與人有所交集，也沒人想到她會和這麼輕浮的人來往吧？

不過看來她似乎打從一開始就是為了聽我說話才在這裡等待的。

……難不成自己的行為古怪到讓很多人都覺得我不是露露嗎？

明明就是因為看她加入了類似邊緣人的團體，我才採取與之相符的作風。

完全不知道自己該怎麼辦才好。

「好了，那麼可以請妳說明一下嗎？」

在兩人施加的壓力下，我真的將一切都說了出來。

即使稍微有所隱瞞應該也沒關係，然而我沒有這麼做之後還能好好說明的自信，所以也沒辦法……

為了保險起見，我在說明之前傳了訊息和表露露商量，她回覆說告訴她們也沒關係，但還是有些擔心。

娜娜學姊的長相就是這麼具有魅力。

連我都曾經被迷住，絕對不會有錯。

話說回來，這兩人在我的世界還有在聲色場所工作的傳聞，這樣真的沒問題嗎……？

雖然覺得擔心，我依然將這邊的露露身上沒有傷痕的事、交友關係產生變化的事、和另一個自己取得聯繫的事，以及自己認識的娜娜學姊和艾莉姆同學的事講了出來。

於是兩人的表情變得十分認真。

看來她們似乎比想像中更專心地在聽我說話。

真意外，原來不只是感興趣嗎？

「像這種事……」

「沒辦法斷言一定不會發生，就是現實的有趣之處呢——畢竟我也罹患求愛性少女症候群，而且還發作了。」

而且，看來她們似乎相信了我說的話。

即使如此竟然還覺得有趣，讓人覺得有點莫名其妙就是了……

「妳、妳是真的覺得有趣才這麼說的嗎？」

面對她突然露出開朗表情說出的這句話，我忍不住反問道。

「嗯～乍聽之下真的很有趣喔，畢竟又不是我自己發生了什麼事。」

「或、或許是這樣沒錯……」

即使如此，聽見不同世界的自己在聲色場所工作，我也不覺得會開心就是了……

就算只是傳聞，也有人真的看到過。

而且，像她這種美少女不可能被認錯。

「啊，妳在懷疑嗎？」

「那是當然的吧。」

「我說啊，那只是『其他世界的我』選擇的道路對吧？就算我們是同一個人，也不該傲慢到對此說三道四吧，不是嗎？」

娜娜學姊用眼神向艾莉姆同學尋求同意。

「是啊，雖然不知道發生了什麼事，但應該不是自暴自棄地選擇這條路，因此我不打算對此指指點點。」

「好、好成熟……」

她們的想法非常豁達。

真想把她們的指甲垢煮成茶給另一邊世界的群組成員喝呢（註：日本諺語，指向優秀的人看齊學習）。

……要是能喝到這種美女的指甲垢，男生們或許會很高興地喝下去吧。

關於這點我也覺得很討厭。

「還有，雖然現在才說，但用露露的外表說敬語非常怪，妳可以不必這麼做。」

「啊，咦……嗯。」

「很好。」

「妳哪位啊……？」

即使一直都這麼想，就在她說可以不用敬語之後，不小心就講了出來。

「是娜娜大人啊？」

她若無其事地這麼說，並擺出可愛的表情。

儘管覺得在我面前裝可愛也沒有意義，但是她這麼說也只能接受了，而且搞不好是有意義的。

……不，或許是自己腦袋有些混亂也說不定。

我開始連自己在想什麼都搞不清楚了。

應該有件重要的事要做才對，是什麼呢……？

啊，這麼說來……！

「比起這個，可以請妳說明關於症候群的事嗎？我都說這麼多了，要是妳不好好解釋會很困擾的！」

差點就忘記問了，好險好險……

「啊，妳還記得啊～」

「原來是打算等我忘記嗎？」

「嗯～只有一點點啦。」

「真過分……！」

我明明好好解釋了！

「乖乖遵守約定比較好喔。」

「不用妳說我也知道。」

娜娜先是刻意地清喉嚨，接著再度開口：

「那個啊，所謂的症候群是這個世界謠傳的都市傳說之一。」

「都、都市傳說……？」

看來情況似乎跟想像中的不一樣，我陷入了混亂。

原本還以為是某種神祕的病菌正在擴散。畢竟聽見症候群這個詞，任誰都會覺得是一種疾病吧。

但她說是都市傳說，到底是什麼意思呢？

我完全無法想像是什麼感覺。

而且還說是都市傳說，突然覺得很可疑。

自己不是被妖狐，而是被妖豔的外表給騙了嗎？

要是再被騙我可敬謝不敏啊。

「正式名稱叫做求愛性少女症候群……就算聽到這裡，妳還是沒有印象嗎？」

「嗯、嗯……」

至少到目前為止，我在生活上都沒聽過這個名稱。

總覺得像是時下流行歌手的名字，感覺有點帥氣。

「那麼是那邊的世界不存在吧？畢竟我們這裡最近也有種被淡忘的感覺呢。」

「原本那麼多的特別節目，還有在各式社群網站表明自己也是如此的人都消失了。」

「沒錯沒錯，據說那些表明的人有幾個還是真有其……事……」

直到中途都滔滔不絕的娜娜突然停了下來。

「……咦，妳會看電視之類的嗎？」

她露出驚訝的表情看著艾莉姆。

確實，我也沒想到艾莉姆會看那種亂七八糟的電視節目。

於是慢半拍嚇了一跳，再次朝她看過去。

「嗯，雖然沒看過那些節目，不過光靠新聞網站不也能接收許多這方面的情報嗎？」

「啊……」

她那麼說也沒錯啦，不過我因為該不該對艾莉姆同學使用敬語產生迷惘，所以只是點了點頭。

「即使如此還是很意外，沒想到妳會看這個島國的那種新聞，真讓人吃驚。」

「說什麼島國……我是最近特別留意去看的。」

既然說是最近，代表之前她都不會看那種新聞吧

即使有點在意她為什麼要刻意看這種東西，但我沒有勇氣提問。

「呃，感覺妳果然不打算告訴我關於症候群的事耶！」

「不是，現在不是正要說嗎？只是稍微岔題而已啦。」
「再這樣下去，搞不好會澈底跑題也說不定耶……！」
話雖如此就算激動也無濟於事，我暫且冷靜下來。
「我明白這個世界有一種類似都市傳說，叫做求愛性少女症候群的東西了。那麼它的內容是什麼？跟這個世界的露露又有什麼關係？」
「內容……每個人都不一樣，像是沒辦法走路，或是眼睛看不見之類的。」
「這、這個……」
不是單純的重病患者嗎？
像這種情況，無論怎麼想都不普通。
「除此之外，也有人只是眼睛浮現心型圖案。」
「咦……？」
這真的是在說明症狀嗎？
我完全不認為這是在講同一種病。而且這聽起來也不像是現實中發生的事。
甚至覺得她可能只是在捉弄我。
「我先講清楚，這不是說謊也沒有在胡說八道喔。」

或許是察覺了我的想法，娜娜這麼說道。

「畢竟事到如今還隨便亂講很遜嘛。」

如此說道的娜娜，眼神非常認真。

假如這是在說謊，那麼她比起偵探應該更適合飾演犯人吧。

所以我決定好好聽她說話。畢竟剛剛好像也看到了……

「知、知道了，總之這是實際上正在發生的事情對吧？既然如此，為什麼會出現這麼多不同的症狀呢？」

「關於這點我也不太清楚……總而言之，先告訴妳露露的症狀吧。」

「她也得了這個病啊。」

「沒錯，而且是現在進行式。」

因為看起來不像有生病，所以沒發現這件事。

畢竟身上沒有任何明顯的傷痕。

……明明心裡知道不是只有看得見的傷痕才是傷痕，卻又在無意識中這麼下判斷。

有點自我厭惡。

「那究竟是什麼症狀呢？」

「好像是只要與人接觸就會身體不舒服，她本人是這麼說的，我想應該是吧。」

「身體不舒服……！」

到了這時候，我終於明白自己來到這裡之後數次身體不適的原因了。

會突然感到肚子痛、手臂麻掉或是發癢，全都是那個症候群在搞鬼。

原以為是生了什麼怪病還打算找媽媽商量一下，這下就能放心了……

不，或許還不能放心。

話說，表露露為什麼沒有告訴我這麼重要的事啊？

這可是一件要說忘記也說不通的大事耶。

之後好好跟她聊聊吧……

「那麼，這個病的解決方法呢？」

「我想目前沒有解決方法。」

「咦……？」

「如果能跟露露取得聯繫，直接問她應該是最好的……不過最近她也在私帳上發了感覺跟症候群有關的抱怨，大概沒什麼希望吧。」

「沒有解決方法……？」

假如真是這樣，就是不得了的麻煩疾病了。

完全不能放心啊！

「姑且也存在類似解決方法的東西喔。」

艾莉姆同學作為補充開口說明。

「請問……這是什麼意思呢？」

雖然想普通地交談，果然還是因為害怕而用了敬語。

畢竟要是被認為自己講話太隨便是在看不起她而引發問題，或許會無法待在學校……

她肯定擁有這種程度的權力吧。

「啊，慢著，為什麼妳會對同年級的艾莉姆用敬語啊！」

「咦，因為……」

對喔，這麼說來我們同年級。

雖然不同班也有影響啦，由於她散發的氛圍跟一般人完全不同，導致我完全不認為她跟我同年級。

「我也跟露露說過不必用敬語，所以放輕鬆點也沒關係喔。」

「如果妳覺得這樣就好……呃，類似解決方法的東西是指什麼？」

對。

她的說法很曖昧，使我完全摸不著頭緒。倘若是指解決辦法，應該會明確地說出來才對。

「歸根究底，我想就算聽說求愛性少女症候群是都市傳說大概也不太好懂。這方面我就代替娜娜好好說明一下吧。」

「啊，好的。」

雖然順著氣氛假裝自己明白了，但我的確不太懂。

「即使那名稱像正式的病名，這只是引用社群網站上某人的說法而傳開的俗稱。」

「這樣啊。」

一開始會覺得很像歌手名稱，或許就是因為這樣而產生的想法也說不定。

「但這個名稱說起來的確能表現其特徵……正如其名，目前只在少女這種精神尚未成熟的人身上確認到發作案例，發病的症狀各有不同。關於這點剛剛娜娜也提過，我就不多提了。」

「稍等一下。」

雖然知道她正在盡量簡單扼要地進行說明，但是內容完全無法進到腦袋裡。

「也就是說，是個目前只有女孩子會發作的神祕疾病？」

「老實說，就連是不是疾病都不清楚。我認為因為這是在社群網站上流傳的說法，案例幾乎都是自己宣稱的緣故吧。」

「意思是沒人有辦法分辨究竟是在開玩笑還是真的嗎？」

「大致上就是這種感覺。所以我也不認為它會被認真研究……娜娜正是因為這樣才會將它稱之為都市傳說吧。」

「我不怎麼在意就是了。」

「……似乎是這樣。」

艾莉姆的表情看起來有些不滿，是我的錯覺嗎？

「因為沒有人進行研究，所以不存在藥物之類淺顯易懂的治療方式。變得難以行走或是視力變差的人，大概會被當作其他症狀接受治療吧。」

「即使如此，還是有類似解決方法的應對方式吧？」

我回想起艾莉姆剛剛說過的話，這麼詢問。

她點了點頭。

「原因似乎在於我們自己抱持的『煩惱』，藉由做出與之相關的『自己平時不會做的事』就能減輕症狀。社群網站上應該也有很多類似的報告。」

從她的語氣看來，她們兩個似乎也得了症候群。
所以才覺得我或許得到了新的症候群而來接近自己吧。
動機真不單純……
「但現狀是只有露露沒辦法好好減輕症狀。」
「怎麼會……！」
沒想到偏偏是交換後的身體發生了這種狀況……
在剛見到這副身體時，根本不會想到有這種事。
從她們的說法來看，這感覺比我割腕還要糟糕。
畢竟就算明明沒有主動做什麼，「光是」與人接觸就會身體不適。
這對日常生活來說非常不利。
生活中想不與人接觸是不可能的，而且跟朋友相處也會有肢體接觸……
一想到這裡，我終於明白她為什麼會加入邊緣人團體了。
如果是那裡，應該不會有過多的肢體接觸。就算有也不頻繁。
但是，我不認為她會喜歡現在待的圈子。
不僅如此，感覺她甚至還覺得厭煩。

那麼，現在的環境對她來說不是很幸福嗎？

我們真的有必要恢復原狀嗎？

這種想法瞬間浮現在我的腦中。

從不安演變成就好像心臟被人用力抓住的感覺。

這或許是今天最不舒服的感受也說不定……

「可是露露……不對，該怎麼叫妳呢，假露露？」

不曉得是不是擔心我的情況，娜娜這麼提問。

因為我也是露露，被這麼說當然會難過。

「被當成假貨很讓人生氣，可以別這麼叫我嗎？」

「對不起嘛，那該怎麼稱呼妳呢？」

「……跟這裡的露露交談時，她稱呼我為裡露露。」

「對喔，的確是這樣。裡露露，呵呵。」

會被取笑也沒辦法，因此自己即使不滿還是忍了下來。

畢竟無論如何都會不高興，我別無選擇。

原以為娜娜還會繼續笑下去，但她突然露出認真的表情。

「雖然這只是我的想像……不過也有可能是裡露露或表露露妳們其中之一，又得到了其他症候群對吧？」

「其他的症候群？」

原來如此。

她想說就是因為這樣才會演變成這種情況吧。

我也漸漸覺得可能是這樣了。

這或許是因為割腕和人際關係的差異所產生的，蝴蝶效應的真面目也說不定。

◆更進一步的非日常

我和裡露露雖然有不少地方相同，也有許多地方不一樣。
即使試著在這裡過了一陣子，由於情況大不相同，令人困擾的事也很多。
另外，這裡的娜娜和艾莉姆的現狀也有很大的區別。
根據同學的說法，她們兩個待在夜晚的聲色場所。
這件事令人難以置信，但像她們那種長得漂亮又有特色的人大概很難被看錯，所以大概是事實吧。
正因如此，我有想過。
她們究竟是在哪個時間點變成那樣的呢？
目前這個世界的校慶才剛結束，在群組內也經常看見有人開始交往的消息。無論在哪裡，似乎都會有受到活動氣氛影響而開始交往的人。
當然，我對那件事沒什麼興趣，但是參加校慶對艾莉姆來說應該很重要。

因此艾莉姆到底有沒有參加校慶，是自己唯一的線索。

線索只有這個實在讓人著急。

而且，要是從娜娜那方面也有頭緒的話就再好不過了，但我連她在哪本雜誌上當讀者模特兒都不知道，因此也無從下手。

雖然在聊天時不怎麼在意，但作夢也沒想到，事到如今竟然會產生當時如果有問清楚就好了的想法。

無論如何，就把校慶的宣傳手冊插圖是由誰負責的當作線索吧。

在我原本的世界是由突然加入漫研的艾莉姆負責的。

因為這件事真的很令人訝異，我記得很清楚。

而且還畫出很棒的作品來展示，吸引了多到要排隊的學生前去觀看。

要是這個世界也有那些作品……就代表艾莉姆是在畫完之後才去聲色場所的……搞不好原因就出在漫研。

我很清楚就算知道原因也無濟於事，但為了認識裡露露，知道其他世界的人「因為什麼契機導致這樣的結果」一定也很重要。

所以，我決定尋找校慶的宣傳手冊。

因為覺得這種資料圖書館裡應該會有，所以現在這個午休時間，我正朝圖書館前進。

事先跟大家說自己不太舒服，要去保健室一趟。

這句話不完全是在說謊。

昨天跟大家吃完飯之後，我身體就有點不舒服了。

既然下午有老師的沉重課程在等著，我想盡量避免身體不適。

但因為不想餓著肚子，於是找了個空教室迅速吃完偷偷帶著的麵包。

雖然很害怕沒去保健室的事被發現，不過到時候再設法編個藉口就好……就交給到時候的自己了。

過沒多久便抵達圖書館。

擔任管理員的老師向我說了句：「歡迎光臨。」

看來除了老師似乎沒有其他人在。

太好了，我也是抱持這個打算才會這時候來的。

「那個……」

「請問要找什麼嗎？」

「是的。那個，請問有今年校慶的宣傳手冊嗎？」

「啊，稍等一下喔。」

老師就這麼走進櫃台後面的藏書室。

我一邊對立刻就能找到感到放心，一邊等著老師。

「這個就可以了嗎？」

老師很快便從藏書室裡走出來。

「謝謝。」

「學校的資料不能外借，請在圖書館裡看喔。」

「好、好的。」

在回答的同時，自己的心跳變得好吵。

老師遞過來的宣傳手冊上，畫著我沒看過的插圖。

不過用的是動畫風格，是一張就算說是出自艾莉姆之手也不會有異樣感的插圖。

搞不好也有可能是艾莉姆畫了不同主題的插畫……？

想到這裡，我為了確認姓名看了看封底。

但是上面只刊載了漫畫研究社這個社團名稱。

遺憾的是，上面並沒有記錄成員姓名。

也就是說……

如果想知道事實的真相，就必須前往漫研。

光是想到這件事就讓人覺得很不情願。

這是因為我記得那裡雖然人數不多，但有很多學姊在。

畢竟是漫研的學姊應該不會太嚇人，但學姊這種存在本身就很可怕，讓人提不起勁。

「請問……」

「嗯？怎麼了？」

我差點就向眼前擔任管理員的老師問出口了，但就算是老師，自己也不認為他會知道這件事。

而且要是老師真的不知道，我也不想被人一臉過意不去地道歉。

「沒、沒什麼，謝謝老師特地幫我找手冊！」

我這麼說完便將宣傳手冊還回去，接著離開圖書館。

○

離開圖書館之後，午休剩下的時間比預料中還多，所以我真的去了一趟保健室。

在那裡讓老師量了體溫，溫度並沒有特別高。

因為沒有發燒的感覺，這也是理所當然的。

被認為只是有點疲勞的我，稍微在床上躺了一會兒。

要是沒有手機，就算躺著也會因為無聊而昏昏欲睡。

午休結束後，老師問我下一堂課要不要也繼續休息，但自己很清楚要是那麼做事情會變得很嚴重，於是連忙從床上起身返回教室。

「露露！身體還好吧？」

一回到教室，小佐奈立刻這麼問道。

「沒什麼大問題，大概是昨天熬夜的關係吧。」

「要是太常熬夜，皮膚可是會變粗糙喔。」

「啊哈哈，說得也是呢。」

雖然不怎麼好笑，我還是姑且笑著回應。

……咦？為什麼會覺得不好笑呢？

我突然冒出這個想法，但還是決定不繼續深究。

大概只是碰巧對不上自己現在的心情吧，畢竟覺得累也不完全是謊話嘛。

比起這個，還有件必須考慮的事。

就是該不該去漫研這個問題……

我在接下來沒那麼嚴肅的課堂上和打掃時間拚命地煩惱，最終決定去一趟漫研的社團教室，畢竟像這樣繼續煩惱感覺還比較有壓力。

班會結束後，我向今天據說另外有事的小佐奈她們道別，朝著社團大樓走去。

社團體驗時我沒打算參加任何社團所以沒有來過，今天是第一次來這裡。入口處有標示每個社團教室所在位置的地圖真是幫了大忙。

漫研似乎在上面的樓層。

於是我走上樓梯。

「好緊張喔……」

喃喃自語地說著。

走廊上沒有人，不過各個教室似乎都有人在，能從中聽見充滿活力的聲音。

……這麼說來，漫研每天都有活動嗎？

如果不是，我可不知道他們的活動日啊。搞不好今天沒有人在。

要是門口有標示活動日就好了。這麼一來就能做好心理準備再過去。
我抱著這種想法朝社團教室走去，隨即找到了一扇寫著「漫研」的門。
裡面傳出了愉快的聲音。
……咦？好像有很多人耶。
漫研的社團成員有這麼多嗎？
還是說今天是跟其他學校的交流日呢？
假如是這樣，還是改天……
「咦？妳找誰有事嗎？」
當自己打算轉頭離開的時候，開門聲響起。我在內心發出了慘叫。
明明還沒做好心理準備，為什麼剛好在這時候……！
不過我心想不管三七二十一，豁出去向那人搭話。
「那、那個，我有些事情想請教漫畫研究社的人……」
「咦？是這樣嗎？是想加入社團之類的？」
「不，不是的，是關於校慶宣傳手冊封面的事。」
「啊～咦？明明是不久前的事，卻有種過了很久的感……不對，封面怎麼了嗎？」

「那不是由某個人畫出來的作品嗎？」

「嗯。因為是所有人各自分工畫出來的，所以不是用個人的名義，而是放上整個社團的名稱……有什麼問題嗎？」

得不到預料中的答案，我感到有些氣餒。

「不，只是單純地覺得在意……」

「這樣啊。如何？我覺得那張圖畫得還不錯就是了。」

「是、是的，我覺得很棒。」

「沒錯吧～？」

「我也是這麼覺得。」

雖然很不錯，但在看過艾莉姆的圖之後總覺得沒什麼大不了。

艾莉姆的畫就是這麼有衝擊性。

「請問——」

「嗯？還有什麼事嗎？」

「……艾莉姆同學有參加這個社團嗎？」

「艾莉姆同學？為什麼？」

此時那位社團成員瞪大了眼睛。

表情就像是在說「沒想到會遇到這種問題」。

答案已經揭曉了。

「不，稍微，發生了許多事……」

「許多事是指？」

「我、我先走了……！」

「啊！等一下！」

因為受不了尷尬的氣氛，我逃離了現場。

雖然對回答問題的那位社團成員感到抱歉，但我實在無法繼續待在那裡。

即使會擔心被認為是個怪人該怎麼辦，但我已經沒空管那個了。

瞬間瞥見的漫研社教室裡，社團成員的數量比印象中還多。

從這裡開始就不同了。

在畫出那張美妙的插畫之前，這裡的艾莉姆就已經前往聲色場所了。

一想到這裡，莫名地感到有些寂寞。

○

「拜、拜託妳們……！」

隔天放學後，我向群組裡的兩個女孩子低下頭。

「可以陪我一起找娜娜學姊和艾莉姆同學嗎……！」

這天她們兩個放學後沒有任何計畫。

所以才覺得可以趁機邀請她們一起去夜晚的聲色場所。

其實挑有男生在的日子比較好，但是最近群組裡有兩人以上有空的日子，問到的也就只有今天了。

比起只有兩個人，還是三個人一起去會比較好吧。

另外，拜託的內容是想確認之前聽說的娜娜和艾莉姆的事情。

因為昨天的事，讓我對這件傳聞搞不好是事實的猜想變得更加強烈。

雖然有想過該怎麼確認，但除此之外也想不到別的辦法了。

聲色場所對自己而言就是這麼陌生。

而且其實我也不是知道很多娜娜和艾莉姆的事。

「慢、慢著，不用那麼誇張啦！」

看到我低下頭，她們兩個似乎很困擾。

這也沒辦法。

儘管是最近才知道的，不過在他們的群組中幾乎不會出現這麼認真的舉動。

而且她們應該也對這件事很感興趣。

對此我也非常明白。

在這邊的世界，自己跟娜娜與艾莉姆沒有任何關聯。

所以從旁人的眼光來看，我大概只是個想確認謠言是否屬實的圍觀群眾吧。

雖然完全沒這種打算，但要是其他人這麼覺得，無論我怎麼想都會被當作那麼回事。

「總、總之先把頭抬起來吧，好嗎？」

「嗯、嗯……」

聽見她們這麼說，我便抬起頭來。

眼前的兩人露出了發自內心感到困擾的表情。

她們心裡肯定也覺得很麻煩吧。

我內心這股即使如此也想知道的熱情，究竟是從哪裡來的呢？

無論怎麼想都搞不懂。

「我也知道一個人去會不安，既然是露露難得提出的要求，我們也很想幫上忙喔？對吧？」

「嗯嗯，可是，畢竟是這種內容嘛……對吧？」

就算是在群組裡態度輕浮的這兩個人，似乎也對要去夜晚的聲色場所感到害怕。

原來陽光男女也分成很多種啊，我在腦海的角落這麼想著。

「話說回來，露露跟那兩個人沒什麼關聯對吧？為什麼想去找她們呢？雖然傳出了奇怪的謠言，但也只是謠言吧？不覺得等她們來上學比較好嗎？」

「沒錯沒錯，有必要不惜低頭也要去嗎？話說不覺得光靠好奇心就過去很危險嗎？」

「關、關於這件事……」

她們果然會在意這點，我在腦內模擬時也預想到會如此。為了無論如何都能過去，自己為此設想過說詞。

「其實，我跟娜娜和艾莉姆是有關聯的……」

「咦？真的假的？」

兩人同時做出了完全一樣的反應。

「是、是真的……！」

雖然是在說謊，但也不是謊話。

跟娜娜和艾莉姆有聯絡是事實，儘管不是這個世界的那兩人，不過只要不說她們就不知道。

「咦，那麼妳有去過艾莉姆同學家嗎？」

「嗯，她家有游泳池，非常驚人喔。」

「咦，好酷！是真正的千金小姐耶！」

她們兩個妳一言我一語地嘻鬧起來。

情況或許已經往好的方向發展，我心裡鬆了口氣。

去過她家和看到游泳池，都不完全是說謊。畢竟我真的到過艾莉姆家的玄關，她本人也說了家裡有游泳池。

……或許有可能是在說別墅，即使如此應該也是在說她家沒錯嘛。

更何況，就算我想確認也沒辦法輕易做到。

「咦，但如果是這樣，為什麼在高中裡幾乎沒有聯絡呢？」

兩人稍微鬧了一會兒之後，小佐奈主動這麼問道。

「如果能去她家，我想感情應該還不錯呢。」

「這、這是因為——」

「因為？」

「其實，我們讀同一所幼稚園……」

「幼、幼稚園？」

「沒錯，幼稚園。」

接下來說的事情全都是謊話。

這是我為了被問到的時候，在昨天晚上想好，盡可能拼湊出來煞有其事的藉口。

但為了不讓她們產生異樣感，我有注意用跟以往一樣的方式說話。

「我們當時都還很小，但自己還記得她們對我很溫柔……雖然她們已經不記得我了也說不定，可是我還是會擔心。」

一口氣把話說完，我忍不住大大地嘆了口氣。能夠照著想好的內容說出來便安心了。

因此在見到兩人靜靜地互看一眼時，我感受到「就算這樣還是不行嗎！」的沮喪感，以及或許謊言已經被拆穿的絕望感折磨。

「……吧，露露。」

「咦？」

也因此聽不清楚兩人對我說出的話，提出了反問。

她們露出神祕的笑容看著我。

由於實在難以理解，自己拚命地忍住差點發出的驚呼。

「走吧，露露！」

「去確認她們兩個的狀況吧！」

兩人的雙眼閃閃發光。

「咦，妳們願意陪我去嗎……？」

「那當然！」

「都聽到了這種事，怎麼可能不去呢！」

「謝、謝謝妳們……！」

沒想到她們會有這麼大的反應，我反倒畏縮了起來。

於此同時，我也對用謊言說服她們的事感到內疚。就算加入了不是謊話的部分，大部分的內容都很難說是真的。

但是，那裡就是不做到這種程度就不會想去的地方，我其實也很害怕。然而這就是一件即使這麼做也得確認的事——我如此說服自己。

在心中向兩人道了歉，接著離開學校。

○

從遠處來看，夜晚聲色場所的光芒十分燦爛。

「有目擊情報的地方是那邊吧。」

「開始緊張了呢。」

「照這個感覺來看，就算成年了也很難走進去吧？不會嗎？」

「因為會喝醉所以沒關係……大概吧。」

「原來如此……？」

靠近之後，光芒變得更加強烈。

因為有點強過頭了，甚至覺得刺眼。

要是一直待在這裡，腦袋或許會變得不正常。

說到底，我一直覺得自己不可能會踏進這種地方。
這種不可能的事情如今正在發生。
娜娜和艾莉姆真的在這裡嗎？
絕對要找到她們的想法，與不想待在這裡的想法各占了一半。
老實說如果可以，希望她們都待在家裡。
但是既然已經來到這裡，又希望能找到她們。
相互衝突的想法在我的腦海中打轉。
這使得焦慮浮上心頭，讓我加強了手心緊握的力道。
「來是來了，但該怎麼辦？畢竟只知道有人在這裡見過她們，不知道到底在哪裡。」
「啊……」
聽她這麼說我才發現。
因為滿腦子只顧著想娜娜和艾莉姆為什麼會變成這樣，完全沒想過來這裡之後的事。
該、該怎麼辦？
好不容易請她們陪我來了，要是白跑一趟實在很過意不去。
「講這種話可能不太好……但是沒有任何線索，我不認為有辦法在這麼大的地方找到人耶？」

「嗚，您說得沒錯……」

「不，別用敬語啦。又不是在責怪妳，對吧？」

「沒錯沒錯，只是在商量該怎麼辦而已。」

「畢竟再這樣下去，我們也會被覺得怪怪的吧。」

能從頭上感覺到她們兩個的目光。

因為沒有勇氣直接面對她們的視線，我只能不斷地盯著地面看。

實際來到這裡之後，她們兩個也變得比在學校時更加冷靜了吧。

我也是一樣。

冷靜下來的頭腦不斷焦急地想著該怎麼辦。

這個世界的我跟娜娜和艾莉姆沒有交集，就算想聯絡她們也辦不到。

真是困擾……

就算盯著地上看，還是能聽見夜晚聲色場所特有的充滿活力的聲音。

要是她們兩個挨了現在不時能聽見的那種類似怒吼的罵聲該怎麼辦？

還是說，她們有辦法輕鬆帶過呢？

就算是這樣，可怕的東西還是很可怕嘛。

更何況也有可能遇到更加過分的事情。

該怎麼辦？

我什麼都辦不到……

「那個啊，我是因為聽說有穿著跟自己同款高中制服的人出現才過來看一下的，有什麼事嗎？」

是娜娜。

「娜娜……！」

由於沒想到她會主動現身，我不禁大聲叫了出來。

因為這樣，就算在嘈雜的環境中似乎也聽得見。

娜娜轉頭看著我，露出了複雜的表情。

「雖然覺得沒道理讓妳隨便叫我名字……總覺得不能這麼說呢。明明我們應該沒見過面才對。」

她一臉不解地偏了偏頭，大大的耳環隨之晃動。

包含裝飾品在內，身上的服裝十分華麗。

以紅色為基調的鮮豔洋裝非常適合她。

短裙非常地具有吸引力。

或許也是因為這個緣故……她充分地融入了夜晚的聲色場所。

發現這件事的時候，我的背上竄起一股寒意。

娜娜真的……

「啊，是艾莉姆同學……！」

聽見小佐奈的聲音我轉頭一看，發現艾莉姆也穿著華麗的衣服從反方向走過來。

她身穿以藍色為基調的裙子。雖然是長裙，卻大膽地加了開衩。

沒想到艾莉姆會做出這種打扮，這種反差讓我倒吸了一口氣。

「我也是在意同一件事才來看看的……不過沒想到會在這種地方遇見娜娜學姊。」

「原來妳還在啊，真有毅力。」

「承蒙誇獎，我很榮幸。」

「在這裡要是聽不懂諷刺的話會很難生存喔，大小姐？」

就算在這個世界，艾莉姆和娜娜似乎依然針鋒相對。

假如艾莉姆是追著娜娜才會來到這裡，我就稍微能接受了。

華

既然如此，代表她們的內在並沒什麼改變嗎？

一旦知道是這樣，或許自己就能稍微放心了。

但在看到追在艾莉姆身後的黑衣人之後，我感覺到背脊一涼。

好可怕。

外表正如刻版印象的黑衣人打算直接把艾莉姆帶回店裡。

艾莉姆雖然有一瞬間感到遺憾似的看了娜娜一眼，但還是依照黑衣人的指示回去了。

大概是知道我們看到這幅景象感到害怕了吧。

娜娜嘆了口氣，手指著鬧區外面的方向說道：

「快點回去吧？現在是還好，不過接下來這裡會隨著夜色加深變得更加危險，我可沒打算照顧妳們到那種程度喔？」

面對娜娜這番似乎好心關切我們的話語，某種東西湧上了心頭。

儘管不知道那究竟是什麼，但我肯定覺得很高興。

「那個……！」

此時也打算回去的娜娜回過了頭。

「謝謝妳……！」

我說出了這麼一句話。

因為是拚命擠出的聲音，語調非常奇怪。

雖然很害羞，我的視線依然盯著娜娜看。

因為要是別開視線，這句話本身或許會被當作沒發生過。

娜娜先是露出訝異的表情，接著平靜地露出笑容。

這笑容與她那身衣服不同，是我曾經在學校見過的笑容。

「什麼意思啊，真奇怪。看來是因為這樣才能若無其事地來這種地方呢。」

她丟下這麼一句話，便快步離開了現場。

當兩人離開之後，隨即出現了許多攬客的人。

「……她們走掉了耶，沒關係嗎？」

「……嗯。」

「總覺得一下子發生太多事，腦袋轉不過來。」

「超漂亮的對吧，她們兩個。」

「……嗯。」

兩人似乎在我身後說了些什麼，但自己並未仔細聆聽。

僅僅是隨便附和打發她們。

我只是一直注視著娜娜離開的地方。

並不是出於想多看一眼美麗的事物，這種可愛的情感。

而是擔心她是否真的不要緊。

雖然娜娜臉上從頭到尾都掛著笑容，態度看來十分從容，但就在離開時，有那麼一瞬間露出了看起來很疲憊的表情。

不，那並不是感到疲憊。

那一定是對某種事物感到絕望的表情。

她的眼神就跟國中時被我推出去的排球社女孩一模一樣。

「好了好了，別發呆，我們回去吧？畢竟娜娜學姊都這麼說了。」

「啊，說、說得也是呢。」

為了不白費她的好意，我們趕緊離開現場。

氣喘吁吁地朝著最近的車站跑過去。

跑到那裡之後，照亮四周的就不是剛剛見到的耀眼光芒，而是一如往常的照明。

我們回到了以往的街道上，自己因為安心而深深地嘆了口氣。

她們兩個也是一樣的情況。

不，她們看起來並沒有這麼難受，真想要更有體力一點……

「今天謝謝妳們，托妳們的福，才能見到娜娜跟艾莉姆……」

在稍微調整呼吸冷靜下來之後，我這麼開口。

接著和提出要求時一樣低下頭。

「反正能平安回來就好了……不過，她們兩個看起來已經很熟悉聲色場所了呢。」

「嗯嗯，我想是沒有回頭的餘地了。」

「說得，也是呢……」

我本來就不認為能把她們帶回來。

倒不如說，沒跟她們交談過的自己不管說什麼大概都無濟於事吧。

但是，即使如此，在這邊的世界難道沒有願意拯救，或是關心她們的人嗎？

為什麼她們會被逼到必須前往夜晚的世界呢？

完全搞不懂……

但可以肯定的是，在我的世界裡，兩人一定過著合情合理的人生吧。

或許求愛性少女症候群是在保護我們……？

自己忽然產生了這種想法。

至今為止都覺得很討厭的東西，對我們來說是必要的？

難不成，這裡是我們三個人失敗的世界嗎？

「喂～我說露露！」

這時候才終於發現小佐奈她們兩個正在叫我。

「抱、抱歉，我在想事情。」

「我知道啦，畢竟一直很擔心的兩個人，變成了那樣子嘛……」

「不過，這下我們已經幫不上忙了，就交給她們的父母吧？」

「嗯、嗯……」

面對兩人莫名達觀的話語，我也只能表示贊同。

「然後啊～」

一改之前的氣氛，兩人露出了笑容。

「都奉陪到這個地步了，要是不被請個什麼好料可不划算呢～」

「對啊～！」

「請……」

或許是這樣沒錯。

但是，現在總覺得她們的笑容很可怕。

該說是能夠立刻轉換心情的心理構造嗎？

事到如今，我才開始覺得自己或許跟她們合不來。

「那個……妳、妳們想吃什麼？」

或許也因為之前發生了許多事，我的回答相當地不自然。

大概任何人都能看出我正感到緊張吧。

「不是，咦，妳為什麼那麼緊張啊？」

「緊張到那種程度，看起來不就像我們在威脅妳了嗎？別～這～樣～啦～」

雖然她們半開玩笑地回應，總覺得就連這樣也很討厭。

我認為要求金錢當作報酬是很正常的。

關於這點並沒有異議。

只是覺得她們兩個的態度讓人很不舒服。

這是既根本又致命的吧。

要是不配合她們的興致，別說是這兩個人，就連在群組裡也會待不下去。

一想到這裡，我因為背上竄起的寒意而開始顫抖。

「呃……畢竟肚子也餓了……可以去麥基屋嗎？」

我將這個想法藏在心底，這麼向兩人提議。

「嗯！」

「走吧！」

和她們兩人一如往常開心聊天的模樣相反，我的心情非常沉重。

與她們聊天很累人。

我產生了這種想法。

這使自己對明天開始的學校生活感到非常不安。

但是，我更擔心剛剛看到的艾莉姆和娜娜。

在成為共犯關係和她們交談之前，我認為她們就算變成那樣一點也不奇怪。

但是實際聊過之後，才知道並非如此。

她們更加沉穩，而且很有主見……雖然很難用言語說明，但看著她們兩個我就覺得非常難受。

儘管看來那麼難受，對娜娜與艾莉姆而言，比起在那裡生活的不安，學校生活的不安反而還比較大嗎？所以才會……

連自己的不安都無法解決的我，當然什麼忙也幫不上。

▼在這之後無人知曉

為什麼會認為露露是冒牌貨呢？

如果有人這麼問，我也只能想到曖昧的回答。

畢竟我們沒有每天見面，自己也不怎麼關心她。

這也是當然的。

因為我們並不是朋友，只是暫時性的共犯關係。

突然裝熟也很噁心。

即使如此我卻能在第一眼就看出她有哪裡不對勁，簡單來說就是女人的直覺吧。

不過我覺得也不必在這種奇怪的地方發揮作用吧。

說得更直接一點，這種直覺要是能在對自己更有好處的時候發揮作用就無可挑剔了。

……人生真是不順利呢。

不過從結果來看，因為聽見了有趣的故事，或許是件好事。

同一人物的內在互換。

存在不同世界的證明。

我在那裡的生活方式。

雖然並非完全不感到驚訝，但心中也有某方面能夠接受。

我想，幾乎所有人都覺得我變成那樣很正常吧。

就連自己也這麼認為。

要是因為壓抑不住承認欲求而不斷煩惱，導致病情不斷加速……我可能連危險的事也會去嘗試。

實際上，在私帳上裸露肌膚的人當中，有許多人對得到的反應感到開心而逐漸越露越多。後來就連一開始不會露出肌膚的人，也開始變得暴露。

因為這個結果，開始與其他人產生交流……的人也不在少數。

這裡的「交流」究竟代表什麼意思。

對於年齡已經不能算小孩子的我來說，自然是一清二楚。

另一個世界的我，一定也是順著這種發展才會流落到夜晚的聲色場所吧。

不過，自己能確定在這個世界的我不會變成那樣。

因為我現在有個明確的夢想，而且那個夢想尚未破滅。

那麼只能朝著夢想邁進了。

……總覺得說這種話熱血到很討厭，但我就是這麼發自內心地想要努力。

最近讀者模特兒的工作除了書面之外，在影音投稿網站上的活動也增加了。

由於拍影片需要做動作，對此還不太習慣。即使是這樣，只要不害怕或是低著頭，應該就有辦法搞定。

不過，那是我的意志。

另一邊的我應該是因為其他理由選擇了自己的道路吧。

只要是我，無論在哪裡都是像這樣決定人生方向的。

絕不會感到後悔。

所以沒什麼好悲觀的。

……比起這個，露露的現狀和之前相比，誇張到令人在意。

老實說太過奇幻了，十分有趣。

要是在一無所知的情況下聽完那些話，肯定會覺得露露作了惡夢之類的吧。

說到底，求愛性少女症候群也只是因為類似症狀的人很多，才導致認真看待這件事的人數增加的現象。

如果只有一、兩個人，那些人只會被送去醫院吧。

明明應該是這樣的，她卻還跟其他世界的自己交換了身分……！

不妙，實在太有趣了。

這種事不該由一介女高中生背負。

假如存在管理露露人生的神明，那個神肯定是個虐待狂，否則不會讓她遭遇這麼多的苦難。

不過，我也有種露露這樣也不錯的想法。

這件事很有趣當然多少也有影響啦，但那是另外一回事。

大部分還是得歸因於「既然都發生了這麼誇張的事情，那孩子的症候群應該也會有所好轉吧？」之類的期待。

在締結共犯關係的三個人之中，唯獨她仍然深受症候群所苦。

而且如果是像我一樣的輕微症狀倒還好，但她的症狀會確實對日常生活造成影響。

其中一定包含了我難以想像的痛苦吧。

雖然自己並沒有因此特別去留意，從偶爾在學校碰面或是看她私帳上的貼文，也能清楚地感覺到她心中的焦慮感。

啊，這樣啊。

從現在這個露露身上感覺不出那種焦慮感，或許也是我認為她是冒牌貨的理由之一。真要說的話，就是她平靜到令人討厭吧。

依照她的說法，在原本的世界似乎是透過割腕來發洩情緒，那麼也能理解她跟這個世界的露露有所不同。

這個世界的露露是在不知道該如何發洩情緒的情況下得到症候群。所以才會像不完全燃燒似的停滯不前吧。

這並不是件壞事。畢竟還是別做像割腕這種刻意傷害自己身體的事比較好，而且依照方式不同，其他發洩情緒的方法或許更危險。

只是症候群的症狀呈現方式太不碰巧了。

要是症狀更輕一點，或是嚴重到能引起他人同情還比較好。

就是因為無法這麼順利，才會作為症候群被當成疾病來看待吧。

……這方面全都只是我的推測就是了。

即使推測到這種地步，也不代表我能對本人說些什麼。

要是她提問，我或許會回答，但最重要的是裡露露對我有戒心，似乎是因為初次接觸的印象不太好的緣故。

明明另一邊也有我的存在，她為什麼會迷上我呢？

說到底，明明表露露沒有迷上我，為什麼只有裡露露會這樣……？

唯獨這點不管怎麼想，自己依舊無法釋懷。

◇因為是不討厭的非日常

依照娜娜的說法，似乎是因為我或表露露其中之一的求愛性少女症候群發作，才會導致精神像這樣互相交換……

「不過，我是生活在沒有求愛性少女症候群的世界耶？儘管如此還會染上症候群，不覺得非常勉強嗎？」

「說得也是呢……」

娜娜擺出一副正在思索的模樣。

「我原本就對求愛性少女症候群的事幾乎一無所知，所以妳這麼說也沒辦法反駁。」

她就連這麼做也十分美麗，讓我有種果然很適合飾演偵探的感覺。

「雖然只是毫無根據的推測，但我也認為發病的應該不是裡露露妳……」

「就是說啊，我也是這麼想。比起同一種症候群二度發作，不覺得得到了新的症候群比較現實嗎？」

「一點都不……現實。」

從一開始就沒有。

無論是與人交換內在、不同世界的兩個我之間有些許差異，還是與人接觸就會身體不適，全部都不現實。

歸根究柢，雖然徹底接受了，但與人接觸就會身體不適究竟是怎麼回事？

明明光是這樣就很誇張了，據說還有會動彈不得之類的症狀，真的非常可怕。

這種症候群在電視上蔚為話題廣為流傳的世界，實在糟透了。

這真的是能讓人居住的世界嗎？

還是說我是在不知不覺間來到了地獄？

「要是妳這麼說，我也沒辦法說什麼呢。」

「畢竟我之前的症狀是回不了家啊。」

「回不了家……？」

真是個符合都市傳說的症狀。

自己完全不明白那是怎麼回事，也難以想像。

因為覺得就算問了也聽不懂，我決定不繼續追究下去。

……啊，對了。

自己和她們兩個並不是一般的朋友，而是因為症候群那類的事情而搭上關係的。由於我不可能知道這件事，所以一開始對娜娜做出的那種反應應該沒錯。

正因如此，她們才不會像朋友一樣裝熟吧。

要是我也有會保持這種距離感的同學就好了……

既然已經加入了群組，我想這大概是無法實現的願望。

就自己所知，那邊的世界不存在症候群，所以也不可能誕生這種聯繫吧。

這從一點來看，表露露或許很幸運。

「話說回來，妳們兩個想恢復原狀嗎？」

面對娜娜一針見血的話語，我變得不知所措。

「……妳不想回去嗎？」

看來光是這麼一瞬間，她就猜到了我的想法。

艾莉姆這麼問道。

「雖然不清楚另一個自己怎麼想……但我可能沒那麼想回去。」

因為深陷學校裡的團體這種已經無法擺脫的框架，我甚至開始割腕。

那麼當然不會積極地想回去。

不僅如此，在這麼說的同時，覺得維持現狀也不錯的感覺越來越強烈。

就這麼和平地從學校畢業……即使沒想過接下來的事，只要之後再想就行了吧。

總而言之，和平很重要。

像那種從早到晚都必須喋喋不休的群組，我已經受夠了。

「如果是這樣，另一邊的露露大概也會這麼想吧，就算不恢復原狀也沒關係。」

「……妳為什麼這麼認為？」

「從兩個想逃避現實的露露互換身分的情況來看，這樣很自然吧？」

「確實……」

這麼一想，互換身分的兩人境遇有所不同也能接受了。

明明想要逃避，要是交換的環境一模一樣就沒有意義了吧。

「不過假如真的是求愛性少女症候群，恢復原狀一定比較好喔。」

娜娜揚起嘴角這麼說。

「這是為什麼呢？」

「從被冠上求愛性少女症候群這個名稱來看，就知道它不是一種能讓人放心的症狀了吧？就算現在還好，接下來一定也會變得難受。」

……是這樣嗎？

就算她這麼說，我也完全無法體會。

我認為如果雙方都能置身在自己想待的環境裡才是最好的。

變得難受的未來令人感到有點難以想像。

此時或許是我的這種想法表現出來了也說不定。

娜娜先是有些傻眼地嘆了口氣。

接著用得意洋洋的表情對我說道：

「我說，學姊說的話應該心懷感激地聽進去吧？」

「不，剛剛娜娜自己不是否認了我們不是那種關係嗎……」

「這是兩回事吧？」

「是這樣嗎……」

只有我覺得如果她希望別人接受建議，就該講些更能派上用場的內容嗎？

「總而言之，暫時注意一些平時不會做的事情就行了吧？」

「是啊，這樣應該也能有所發現。」

連艾莉姆都這麼說，讓我有些吃驚。

「而且，現在的現實真的是妳的理想嗎？」

她接著這麼說道。彷彿想說事實並非如此的這句話，讓我不禁為之語塞。

為什麼自己明明想說現在正符合理想，卻又無法如此斷言呢？

總之等明天放學之後，我打算照她們說的嘗試一些平時不會做的事。

差不多快放學了。

今天就回去吧。

○

時間來到隔天放學後。

雖然她們說為了讓這種或許是症候群的狀況好轉，只要針對自己的煩惱做些平時不會做的事情就行了……

「但我完全不知道究竟該做什麼……所謂的煩惱就是這個狀況本身嘛……」

我獨自在教室裡抱頭煩惱。

教室裡已經沒有任何人，就算自言自語也不會挨罵。

外面可以聽見某些社團成員朝氣蓬勃的聲音。

說起能夠最快有所改變的方式，果然還是參加社團活動吧。

光是運動社團就有很多種，更重要的是我國中時培養出來的體力應該還在。

起初自己輕描淡寫地認為，只要活用那份經驗，試著跟國中一樣參加社團就好了。

但是卻收到了表露露的反駁：「就連體育課的運動都沒有任何效果了，這麼做肯定沒意義。」

我想她只是因為不想運動所以找個合理的理由搪塞，因為自己也有同樣的想法。

其實不光只是運動，我本來就不想參加社團。

應該沒有其他事情比社團活動更常和人近距離接觸了。

而且現在的我沒有不惜時間受限也想做的事。

不如說為了今後的人生，努力念書還比較好。

這麼說來，上課的內容也幾乎沒有變化。

有變和沒變的地方差異基準到底是什麼啊？

……關於這方面的情報還不夠多。

畢竟能對他人人生造成影響的事物多如繁星。

不只是大事，一件小事也可能造成影響，不應該現在妄下定論。

總而言之不能一直待在這裡，我決定試著在校內徘徊。

為了能夠不回教室直接離開，便揹起書包離開教室。

其他教室似乎還有人在，能從中聽見零星的說話聲。

我不經意地往教室裡看去，和一對看似情侶的學生對到眼。

因為尷尬，自己連忙跑上樓梯。

莫名地喘不過氣來。

由於他們偏偏還是一對情侶，所以對心臟更不好。

為了冷靜下來，我在原地站了一會兒。

他們的臉莫名接近，或許是打算接吻也說不定。

那樣的話不要留在放學後的教室，而是去他們其中一方的家裡就好了嘛。

……那可能也是個問題。

我從來沒有像那樣與人交往過，所以不太清楚。

試著和某人交往，或許也是一件跟平時相差甚遠的事情。

畢竟我之前曾經半開玩笑地與人交往。

但是一想到自己是否能夠真心愛上別人，就覺得很不安。

我討厭自己到了甚至會自殘的地步。

要是傷害了男朋友，一定會受到更加強烈的罪惡感折磨吧。那麼一來，我或許會做出比割腕更激烈的行為，這讓自己非常害怕。

……而且，在那個群組跟男生說話的機會也非常少。

就算聊天也只會被覺得奇怪，要是戀愛了肯定會被取笑。

就算是那樣，我也不覺得自己承受得了。

所以暫時不需要男朋友……

或許也是因為這麼想，才會交不到。

既然如此，到底該怎麼辦才好啦？

像這種無限的負面迴圈，根本就無藥可救吧？

總覺得盡是遇到這種無可奈何的事。

「……風還滿舒服的。」

回過神來，我已經來到屋頂。

似乎是腳很自然地走上來了。

最近養成與陽光男女團體聊到快受不了時就來屋頂的習慣，可能是這個緣故吧。

明明是自己的行為，卻不清楚為什麼會這樣。

雖然不來屋頂也無所謂，但我還是在無意識之間選擇了屋頂。

仔細想想，應該也有離開學校這個選項才對。

為什麼會來到這裡呢？

儘管自己並非對學校特別有好感也一樣。

所以這個狀況實在是不可思議。

不過確實能讓內心平靜下來。

和煦的微風拂過我的臉頰。

面對這陣有些冰涼卻也因此令人感到舒適的風，我忍不住瞇起眼睛。

即使晴天必須注意紫外線，但溫和的氣候令人開心。

我並不討厭在晴朗的天空下放鬆。

站在欄杆前就這樣低頭往下看。

底下是操場，此時運動社團正在那裡幹勁十足地跑動著。

不過，大概是操場離屋頂有段距離的緣故。時而傳來的鼓勵或加油的聲音，聽起來就像來自遠方。

或許也可以說，這些總覺得就像發生在其他世界的事情吧？

要是世上真的有神明而且住在天上，應該會覺得更無所謂吧。

正因為如此，才會讓沒犯什麼錯的人變得不幸也說不定……

想到這裡，我開始覺得或許真的有神明存在。

總而言之，要是從這裡跳下去肯定會撞到人吧。

如果可以，我想避免發生這種事。

見到其他人因為我的緣故受到傷害，自己會很難受。

「……咦？」

想到這裡，我突然回過神來，心臟撲通撲通地跳個不停。

為什麼會想到跳下去的事情呢？

無論怎麼胡思亂想，竟然會有從樓頂跳下那麼危險的念頭……

雖然覺得剛剛還滿冷靜的，但要是繼續待在這裡，不清楚自己究竟會想些什麼。

想到這裡，我立刻離開了屋頂。

○

在打算回家前往玄關時，我發現與相澤同學她們一起吃午餐的教室門敞開。

因為覺得很少有人使用的教室門開著十分罕見，我試著看了一眼。

「啊，是小露！」

結果就那麼碰巧，是相澤同學和田中同學在裡面。

儘管不知道是怎麼回事，要是刻意無視也很奇怪，我便向她們打了招呼。

「妳們還在學校啊。」

「聽我說啊，露露。這傢伙說自己受到喜歡的角色影響，迷上了塔羅牌。」

「塔、塔羅牌？」

「沒錯，塔羅牌。」

還真是個相當靈性的詞彙呢。

不過，這或許有點符合相澤同學的風格。

我抱著都聊到這裡了，還是詳細了解一下塔羅牌的事情比較好的想法走近一看，位於兩人中間的桌子上的確放著類似塔羅牌的東西。卡片上畫著一些漂亮的人物，就連看似死神的角色也變得沒那麼可怕了。

「那位正在煩惱的小姐，若不介意的話幫妳占卜一下吧……？」

「這樣聽起來像個惡代官耶？」

「是、是嗎？還以為我的印象應該是個引導迷途羔羊的老人……」

「話說，為什麼要在學校裡玩啊？」

面對這個問題，她們不知為何不發一語。

「啊，那個……要是在學校玩，卡片不見不就麻煩了嗎？」

我以為自己問了奇怪的問題，連忙繼續說下去。

不過相澤同學卻眼睛一亮，說了句：「問得好！」

與此相反，田中同學則一副像是在表示事情變得麻煩似的嘆了口氣。

「這點確實讓人擔心，不過跟我家比起來學校的通風比較好嘛！所以最近放學後都會來這裡研究塔羅牌喔～！」

她的情緒比平時更亢奮。

玩塔羅牌或許就是這麼開心。

每次見到相澤同學她總是這麼開心，讓我有點羨慕。

「通風……？」

可是我聽不懂她這句話的意思。

不，詞彙本身的意思是明白的。

但是不太清楚這跟塔羅牌有什麼關係。

因為風會把卡片吹走，應該不太好不是嗎？

「嗯～很難具體說明……就是有種比平時算得更準的感覺！」

「妳是新手，差不了多少吧？」

「妳說什麼～！直覺在塔羅牌中可是很重要的！」

「新手還這麼囂張。」

「雖然妳可能沒說錯啦！」

看著兩人吵吵鬧鬧的交流，我開始覺得回家或許比較好了。然而，現在回去實在很不自然……

當我正在煩惱該怎麼辦的時候，相澤同學轉過頭來再次對我說道：

「總覺得小露最近似乎很煩惱，所以才在想如果能幫上忙就好了……怎麼樣？」

「……」

看來我的行為舉止真的有點奇怪。

即使自己一直以來都在煩惱，但既然會被特別看出來，代表就是那麼一回事吧。

至少沒被發現我不是本人這點值得慶幸。

「說、說得也是。畢竟我也有點興趣，要不要請妳占卜一下呢……」

雖然不怎麼感興趣，但自己還沒做出平時不會做的事情，便決定接受塔羅牌這種很罕見的東西。

我從桌邊拉出椅子，放在兩人之間等距的位置坐下。

「太好了～！」

「她正因為實驗對象增加感到開心喔。」

「就說不是那樣了！」

……實際上，的確很像實驗吧。

既然是還在練習中的外行人，也不能期待結果。搞不好會算出差到極點的壞結果……

不過最糟的情況是算出好結果卻掉以輕心，與其那樣或許算出壞結果還比較好。

「能幫上小露的忙我很高興喔。」

相澤同學似乎是真的對能幫上忙這件事感到開心。

甚至一派輕鬆地講出這麼噁……令人害羞的話。

而且臉上還掛著笑容。

即便是來到這裡之後才開始這麼想，不過我深深地覺得相澤同學是個好人。

這並不是因為她是邊緣人才只能用這種方式稱讚，而是事實純粹就是這樣。

我認為這反而是件很厲害的事。

即使是邊緣人，個性差勁的人還是很差勁。

所以不能光用人際關係來決定善惡，畢竟佐奈她們也不是壞人嘛……

姑且不論這個，總是跟相澤同學在一起的田中同學肯定也是個好人吧……雖然講話很過分，看起來有點怪。

儘管如此，她依舊說著占卜是私人隱私並站起來，留下一句她要去買果汁之後便走出了教室。

那乾脆的態度令人感到有些憧憬。

「那麼，我應該怎麼做呢？」

我對正在洗牌的相澤同學這麼問道。

「我想想呢，那麼首先，可以請妳思考要向塔羅牌請教的問題嗎？如果能具體一點就幫大忙了。」

「問題……？」

就算說要提出問題，我也不知道該向塔羅牌問些什麼。

因此忍不住好奇地偏了偏頭。

「啊，那個……舉例來說，像是『今天的運勢怎麼樣？』之類的……」

「運勢……？」

那算是具體的嗎？這更讓我的腦中逐漸充滿了疑問。

此時相澤同學迅速翻閱起放在旁邊的書。

那似乎是本教學書，外表看起來還很新。

「對！只要把自己想做什麼，以及這麼一來該怎麼辦的想法都拿出來問就行了！」

看來她似乎找到了答案。

自己想怎麼做的意志，以及為了這個目的我究竟該做些什麼。

因為無法立刻回答，我說了句：「等一下喔。」並開始思考。

自己究竟想做什麼呢？

雖然想了一會兒，但對我而言只有一件事。

「總之我想要平靜地過生活。」

想到的答案從一開始就沒有任何改變。

聽見這個回答，相澤同學顯得有點訝異。

「原來小露是這樣想的啊……還以為妳會追求更加有趣的生活呢。」

至今她見到的露露一定是這麼想的，所以她的感覺很正常。

「……應該是我最近開始這麼想了吧。」

沒錯，這不是謊話。

但就在決定願望之後發現了一件事。

塔羅牌的結果有好有壞。

星座占卜和血型占卜也是一樣，不過塔羅牌的占卜大致上都會面對面進行。

怎麼說呢，有種就算由新手來做程度也不一樣的感覺。這麼一來，要是出現壞結果，

事情是不是會變得非常糟糕啊？

因為害怕會變成這樣，我忍不住握緊了正在洗牌的手。

「咦……？」

相澤同學露出驚訝的表情將臉靠過來。這讓我也嚇一跳，接著緩緩地將手放在桌上，然後鬆開了手。

明明是自己做的事情卻嚇了一跳，簡直莫名其妙。

我無視激動跳個不停的心臟，緩緩地開口：

「要是塔羅牌出現壞的結果，真的會發生不好的事嗎……？」

相澤同學的表情從驚訝恢復成平靜的模樣，接著搖了搖頭。

「沒那回事喔。塔羅牌不是用來決定未來，而是為了讓未來變得更好而提供幫助的東西喔。」

「咦……」

讓未來變得更好。

這句話吸引了我。

還以為是用來決定或是猜測未來的東西，原來不是啊。

「那麼，就算出現了不好的結果，只要努力就能讓結果變好嗎？」

「嗯！要是出現不好的結果當成忠告就好了。畢竟若是因為出現好結果而掉以輕心，可能會發生不好的事情嘛。」

「是這樣啊……」

我對於究竟會出現什麼結果，開始有點期待了。

「那麼，就來詢問小露妳接下來究竟能不能度過平穩的生活吧。」

「嗯。」

相澤同學這麼說完之後再次稍微洗牌，接著將牌堆放在桌子上。

「現在可以請妳抽一張牌嗎？」

「咦，一張就夠了嗎？」

我還以為要抽好幾張。

並將那些牌擺放成複雜的形狀，然後從中解讀意義……

總覺得從剛剛開始就一直感到訝異。

既然都被嚇到那麼多次，要是症候群能多少有點改善就好了。

既然沒有任何反應，我想大概是沒有意義吧。

「抱歉，因為我是新手，就算抽了好幾張牌也沒辦法一一說明它們的意思呢……」

「啊……」

那就沒辦法了。

「就算只有一張牌，也是能好好指引道路的。」

我相信相澤同學的話，從牌堆裡抽了一張牌。

並將它放在桌子上。

「這個是……？」

那是一張畫著美麗月亮的卡片。

但是月亮並不在空中，而是在下方。

仔細一看，我注意到眺望月亮的人是倒過來的。

「咦？」

「啊，等一下！」

相澤同學制止了我打算把呈反方向的卡片轉正而伸出的手。

「維持這樣就行了。塔羅牌分成正位和逆位，牌的位置顛倒也代表了不同的意思。」

「咦，是這樣啊。」

這讓我覺得塔羅牌真是深奧。

「嗯，所以這是月亮的逆位呢，我看看……」

相澤同學再次翻起書，似乎是在查詢意義。

不過既然一張卡片有兩種意思，要記住也很累人，一定是這樣吧。

我一邊看著卡片，一邊等待相澤同學開口。

印象中這種卡片的月亮上大部分都有臉，不過這張卡片真的只是普通月亮。是一顆漂亮的滿月照耀著像是帥哥的人。

因為月亮上有臉會覺得很恐怖，我比較喜歡這樣……

「看來月亮的逆位，好像是代表會逐漸認清現實的意思。」

當我想著這些事時，相澤同學忽然說出了結果。

這個結果真是抽象。

「認清現實……？」

究竟代表什麼意義呢？

「呃，月亮不是升起而是落下，是黎明即將到來的徵兆。人會隨著黎明醒來，藉此注意到各式各樣的事情吧……書上是這樣寫的。」

「也就是什麼意思？」

「雖然形容得很曖昧……但會不會是指原本不穩定的事情會逐漸變得穩定呢？也就是說，這跟平穩度日有關對吧？」

「是這樣嗎？」

「一定是這樣啦。」

看到她面帶笑容這麼說，我也覺得或許是這樣了。

原本不穩定的事情會平靜下來。

那不穩定的東西究竟是指什麼呢？

是我的心嗎……？

如果變得能夠心平氣和地過生活，那就是最好的。

雖然內心因為事情能夠如願而激動起來，但必須注意不能掉以輕心

……在這種情況下，掉以輕心是指什麼呢？

「結束了嗎？」

「啊，現在正好占卜完喔。」

「老師說接下來可能會下雨，要我們早點回家。我沒帶傘，還是快回去吧。」

「我是有帶傘啦……不過還是回家吧，小露。」

「嗯。」

我就這麼和兩人一起走向玄關，並因為回家方向不同而道別。

占卜很有趣，但總覺得最關鍵的部分沒有得到結論。我的內心還是烏雲密布。再這樣下去，自己還是什麼都不明白。

我醒了過來。

明明被兩人從未見過的模樣嚇得輾轉難眠，自己似乎在不知不覺間睡著了。

雖然不覺得要是沒醒就好了，卻沒有比設定好的鬧鐘早一步醒過來的安心感。

即使被鬧鐘鈴聲吵醒，我心中大概還是會充滿糾結的情感吧。

「啊……嗚嗚。」

我的腦袋很清楚自己必須去學校。

儘管如此，自己的身體卻無法隨心所欲地活動。

即便很清楚這樣下去不好，但我的手腳沉重到難以動彈。

簡直就像變成了金屬之類的東西一樣。

自己的意志完全沒有傳達出去的感覺。

至今從未遇過這種事。

甚至就連離開排球社並脫離那個圈子的時候，都沒有變成這樣。

也許跟處在考試期間也有關係，但應該沒遇過像這樣不光是心情，連身體都很沉重的狀況。

我不想繼續思考下去。

總覺得頭也斷斷續續地在抽痛，會是自己的錯覺嗎？

「……啊。」

這時，鬧鐘響了起來。

雖然不想動，但一直讓它響下去更討厭，於是我掙扎著扭動身體。

努力一下似乎就能動了，然而現在就連努力都很難受。

我打開手機，關掉了鬧鐘。

即使早就猜到了，但見到傳過來的大量訊息還是有點反胃。

儘管在一瞬間產生了必須回覆的想法，還是敗給不舒服的感覺。

我把手機放在旁邊，再次躺回床上。

現在什麼都不想看。

不過既然鬧鐘已經響了，就必須起床。

必須去上學才行。

但是爬不起來，動彈不得。

我究竟是因為進退兩難正在煩惱，還是由於舒服地躺在床上而打著盹呢？

明明是自己的事情，我卻搞不清楚。

不可思議的是，我完全不著急。

一切都已經無所謂。

「我說！要是不快點起床就來不及……露露？」

不知道時間過了多久，媽媽走進房間。

她看著依然躺在床上的我壓低了音量，隨後直接走到我身邊，將手放到我的額頭上。

「臉色很差呢……是發燒了嗎？」

「是這樣嗎……？」

察覺自己發燒的瞬間，身體立刻變得不舒服。

會一直覺得頭很痛好像也不是錯覺。

難受到讓人懷疑症候群回到了自己身上。

「我去拿個體溫計喔。」

媽媽說完便走出房間，不久後又回來了。

她扶著我坐起身，催促我將體溫計放在腋下。

這麼說來，之前去保健室時好像也有量體溫吧。我模仿在那裡學到的正確方式將體溫計夾在腋下。

……測量時間感覺莫名得久。

需要這麼久嗎？沒有壞掉吧？

但中途拿掉也很麻煩……我老實地等待著。

不久後「嗶嗶——」的聲音響起，我用媽媽也能看見的方式拿出體溫計。

三十七度，是低燒。

「有點發燒呢……怎麼辦？總之，要去學校嗎？」

聽見學校這個詞彙有種頭變得更痛的感覺。

所以不去肯定比較好吧。

用昏昏沉沉的腦袋這麼判斷之後，我開口說自己今天不去。

「是嗎。今天我也要上班，上午只有妳一個人在家，要記得好好休息喔。」

「嗯……」

想到不用去學校，一股睡意突然襲來。
明明才剛睡醒沒多久，還是覺得非常睏。
於是我順勢躺了下來。
「我會幫妳煮點粥，要是吃得下記得吃喔，還有……」
媽媽似乎還在，但我完全聽不清楚。
視野一片模糊，什麼都看不清楚。
我的意識就這麼陷入了睡眠。

○

我因為感覺不舒服，醒了過來。
「嘔……」
滿身大汗，感覺好噁心。
不過，總覺得身體變輕鬆了。
或許真的是得了感冒。

若是那樣，請假是正確的。畢竟傳染給別人也過意不去。

我起床去找媽媽，發現桌子上放著一張紙。

上面很詳細地寫著感冒時要注意的事項，讓我鬆了口氣。

因為很久沒有像這樣休息了，不知道該怎麼辦。

總之先洗澡並換件衣服，接著打開冰箱，在裡面找到了裝有媽媽煮的粥的容器。

我將它拿出來用微波爐加熱。

不久之後，微波爐發出「叮——」的聲音。

「好燙！」

明明應該有照紙上寫的時間加熱，伸手一碰卻被燙到了。我連忙拿出隔熱手套，戴著它拿裝粥的容器。

雖然把容器放在桌上，但是燙成這樣沒辦法吃。

我決定放棄並喝口茶。

或許是因為都在睡覺喉嚨很乾的緣故，有種茶的成分滲透到整個身體的感覺。還能嘗到裡面真的放了平時不會意識到的魚腥草，很不可思議。

確認變涼之後，我吃了粥。味道很鹹。

吃完粥後，吃掉了媽媽在紙上叮嚀要吃的感冒藥。

「請假之後，實在很難去學校呢……」

雖然瞬間想過不吃，但這是瓶裝錠劑，一定會被發現吧。

而且要是就這樣不去，導致出席天數不夠也很討厭。

我無可奈何地一口氣把藥吞下肚，休息了一會兒。

這樣該做的事情都做完了。

目前沒有任何人回家，由於剛剛都在睡覺的關係也睡不著。

我懷著有些興奮的心情，觀看起平時沒看過的教育節目。

這是平日因為感冒而請假的特權。

看來現在的時段似乎是給高中生看的節目。節目上雖然出現了自己就讀的學校好像也會教的範圍和詞彙，但我那感冒的腦袋無法理解。

嗯，就當作是感冒吧。

過了一會兒，內容變成了不感興趣的節目。

我只好關掉電視返回房間。

心想這麼說來今天還沒用過，便打開了手機。

「……咦？」

這時我才發現收到了數量驚人的通知。

印象中，這個通知數量似乎是這個應用程式所能顯示的最大值吧……？

從來沒見過這個情況，也沒想過居然真的存在最大值。

此時鈴聲突然響起。

因為嚇了一跳，手機從手中掉落。我只能注視著在床上不斷震動發出聲響的手機。

不久之後，聲音停了下來。

但是收到訊息的聲音接著響起，我也再次嚇了一跳。

為什麼會收到這麼多訊息呢……？

確認暫時不再發出聲音之後，我戰戰兢兢地拿起手機。

剛剛雖然因為害怕不敢去看，但或許是來自爸媽的緊急聯絡也說不定，如果是這樣自己會很困擾。

抱著這種想法，我確認是誰打來的電話，才發現並不是爸媽。

手機上依序顯示著陽光男女團體成員的名稱，看來他們似乎是抽空打電話過來的。就連我在睡覺的時候也有來電通知，但那時候不是正在上課嗎……？

這麼說來，自己因為電車坐過站而不知所措的時候，相澤同學好像也有像這樣傳訊息給我。

自己心中確實存在著當時沒有感覺到的厭惡感。這究竟該怎麼形容呢？是覺得「不必做到這種程度也沒關係吧」之類的情感嗎？

只要看了訊息，或許就能搞清楚。可是一旦看了，能夠預料到將會跑出更多訊息。

我完全不知道對此到底該怎麼回應才好。

像這種情況，說句「謝謝你們的擔心」一定是正確的吧。

不過他們真的是在擔心嗎？

與電車坐過站時不同，媽媽應該有跟學校聯絡才對，所以大家一定知道我因為感冒請假了吧。

應該不難想像那是必須請假的嚴重感冒。

明知如此還打了這麼多電話，已經算是在享受「有人請假」的非日常情況了……我是這麼想的。

畢竟事情就是這樣嘛。

傳這麼多訊息過來究竟要做什麼呢？

得了感冒的人不可能全部回覆。

他們該不會沒想到這件事吧？

難不成是以為我蹺課了嗎？

真是噁心。

為什麼會想跟這樣的一群人打成一片呢？

類似憤怒的情緒占據了自己的內心。

「啊啊，真是的……！」

我握著手機躺到床上。

雖然不到早上那樣的程度，但身體很沉重、頭也很痛，總之很不舒服。

就算在這種狀態下，我也跟早上不同，開始思索該如何回應。

畢竟就算得了感冒，一整天都不回訊息也太誇張了。

或許會莫名地引起他們的懷疑。

即使覺得討厭，我也不想被他們排擠。

要是發生那種事，教室就真的沒有自己的容身之處了。我想避免這樣，否則當恢復原狀的時候，會給另一個露露添麻煩的。

但要是對群組成員擺出抗拒態度，不知道會傳出什麼謠言。一直以來自己做過的事，也會被說成是在給他們添麻煩吧。

總之現在就試著找裡露露商量一下吧。

……她會老實地回答我嗎？

會不會說出我既然對這種狀況感到開心，就該想辦法克服這種小事之類的話呢？

自己莫名地感到不安，就連發送訊息也變得猶豫了起來。

就算如此，還是希望她知道這邊的情況不太好，因此我試著簡短地傳了現在的狀況和心情。畢竟裡露露應該也想避免一切恢復時，自己失去容身之處的狀況才對。雖然現在還沒有，但之後應該會出現已讀吧。

我想不到要傳給群組的訊息，而且——

「明天到底該用什麼表情去跟大家聊天呢？」

畢竟本來就只是偶然遇見的人，沒想到居然能夠這麼了解彼此。即使如此，我還是把他們當成是一群會讓我想融入圈子的人。

但事實並非如此。

原本就不覺得自己有看人的眼光，然而究竟誰能預料居然差到這種地步呢？

要戴口罩去嗎？畢竟是剛感冒的隔天，這麼做應該也不奇怪。

啊，吃飯時會拿掉所以沒意義啊。

……實在不想跟他們一起吃飯之類的耶。

如果這個狀況繼續下去，我明天也不想去學校。

但要是一直請假，有可能會發生跟不上課程進度的問題。

其實就算只請一天假，也有很多課程會跟不上。

不僅如此，像是作業或小考也是每天都有。

這樣跟學校請假一點好處都沒有嘛。

明明連管理身體狀況都很困難了，為什麼非得遇到這種事情才行啊。

調整精神狀況是非常困難的。說到底，也有造成狀況不佳的原因就在學校的可能性。

既然一整年都在有各種人的校舍裡度過，就算得到感冒請假一天也不奇怪。要是學校肯以請假為前提，安排各式各樣的事務就好了……

……人一旦身體不舒服就會情緒低落胡思亂想，所以不是件好事。

比起這個，得思考要傳什麼訊息才能讓群組的他們毫不覺得奇怪地接受才行。

啊啊，不行。

因為感冒我什麼都想不出來。

○

隔天雖然也不想去學校，但身體並不像昨天一樣沉重。

所以臉色應該也不算差吧。

還被因為擔心而前來探望的媽媽說了：「今天去上學吧。」

昨天或許是因為心情低落再加上得了感冒，身體才會那麼沉重也說不定。

為了預防萬一，我在出發前量了體溫，但連低燒都沒有。

相隔一天的戶外並沒有什麼特別的變化。

我一如往常地前往學校。

抵達學校之後，被在玄關等待的大家給抱住了。

「我們真的很擔心喔。」

「就是說啊，畢竟直到傍晚都沒有聯絡嘛。」

就連這些話，都讓我覺得是在向其他人展示友情的表演。

內心一旦失去了信賴，就只能對一切都抱持懷疑。

即使如此我依然笑著裝出沒事的樣子。

結果昨天自己好像傳了「我不要緊，但是爸媽一直囉嗦要我今天乖乖休息，所以就不看手機嘍」之類的訊息。

在那之後由於我真的沒看手機，所以也不清楚他們做出了什麼反應。

手邊因為沒了手機所以很閒，但在被要求早點睡覺並照做之後，沒有什麼大問題。

雖然早上稍微看一下手機傳了幾張貼圖，然而這麼做也很麻煩。

「聽說妳還在晚上去聲色場所，別做那麼危險的事啦。」

「真對不起……」

畢竟危險是事實，我老實地道了歉。

「是在那裡撿到了什麼壞東西嗎？」

儘管跟說著「搞不好喔。」的大家一起笑了起來，但我不認為事情是這樣。

他們一點都不認為原因是出在自己身上嗎？

「因為昨天露露不在，我們吵成一團耶。」

「就知道會這樣。」

「少了一個人果然很寂寞啊。」
接著直到進教室，大家都不肯放開我。
今天一直都會是這種感覺嗎？這並非在向誰詢問，而是我心中得出的答案。
差點嘆了口氣，但在嘴邊忍住了。
現在要是嘆氣，或許會讓他們擔心過頭。
我想避免讓他們更加擔心，畢竟不知道大家會做什麼，也不清楚自己會變得怎麼樣。
「說到底，你們不覺得露露很瘦嗎？」
「超瘦的！就是因為這樣才會生病吧？下次要不要去吃吃到飽？」
「是、是這樣嗎？可是，我可能吃不了太多……」
「不多吃點可是會沒有精神喔！」
群組裡的兩個女孩子趁著下課來到我的座位旁，摸著我的肚子這麼說道。
自己不清楚她們是不是真心這麼說的，也對比平時更頻繁的接觸感到反感。
……要是我現在患有症候群，事情肯定會非常嚴重吧。
可以想見我一定會遭受比推開排球社的那個女生時更多的責備。
而且不光是群組的人，同學們一定也會這麼做。

在沒有症候群的世界無論怎麼解釋大概都不會得到諒解，自己毫無疑問會被孤立。

但我很不舒服，甚至到了覺得那樣比較好的程度。

就算沒有症候群也一樣。

事到如今我總算理解了。

為什麼自己的手腕上會有無數的傷痕。

正是這些我朝思暮想的有趣人們，把裡露露逼到走投無路的。

這並不是他們的惡意所導致的。

如果帶著明確的惡意，就算是演戲也不必假裝感到擔心。

他們並非一點都不擔心。

這點我很清楚。

所以才會覺得討厭跟不舒服。

這一定就是裡露露所體會到的感情吧。

正因為沒有明確的惡意，她才會在不知不覺間被逼到絕境，為了否定自己而開始傷害自己。

而我現在也陷入了同樣的狀況。

再這樣下去不行。

得快點回到原本的世界去。

不過，要怎麼做才行？

雖然在這裡過了這麼久，卻沒有找到任何類似線索的東西。

裡露露也說了目前什麼都不知道。

但是就結果而言，她已經擺脫了這個狀況。

症候群或許很不方便，卻能夠遠離煩惱到造成這麼多傷痕的事情。

我並不清楚她是否願意恢復原狀。

實在沒想到，居然會存在對求愛性少女症候群感到煩惱還比較好的狀況。

而且，他們與我所憧憬的，能開心度過高中生活的團體也相去甚遠。

說不定跟相澤同學她們在一起和平度日還比較好。

畢竟她們既不會過度干涉我，也會認真地關心我……

如果能用同樣的方式回應她們的體貼，一定會好上許多吧。

不如說事到如今，我也對沒有回應她們的事感到後悔了。

當然，我不認為自己的行動會因為後悔而立刻有所改變，不過要是能往好的方向轉變就好了。

得回去才行，雖然一點辦法也沒有。

自己在不會被大家糾纏的課堂上，一直想著這件事。

除此之外，我也沒有力氣趕走每節課都會來纏著自己的人們，只能露出曖昧笑容度過大部分的時間。

午休之後，我主動提出自己身體不舒服要去保健室。

畢竟再這樣跟他們待在一起，我或許會失控到放聲大叫也說不定……

儘管大家都說要一起去，但我告訴他們狀況沒那麼嚴重就走出教室。

我因為放心吐了口氣。

原以為他們會用「無論如何都很擔心」當理由跟過來，能夠獨處真是太好了。

話雖如此，要是繞去其他地方可能會有人向那個群組打小報告，我便如同宣言前往保健室。

我一邊想著自己在國中最後那段時間也經常去保健室，一邊打開了保健室的門。

「打擾了……咦？」

因為沒有見到坐在固定位置上的老師，於是朝裡面看了一圈。

「啊。」

接著偶然發現田中同學和相澤同學坐在椅子上面對面。

她們在看到我之後，露出了尷尬的表情。看見這兩人對我擺出那種表情會感到難過，究竟是為什麼呢？

「啊，那個，老師剛剛去了教職員室……」

最後相澤同學像是忍不住似的這麼說道。

雖然煩惱著這下該怎麼辦，但我也不想回教室。

如果不會太久，我應該忍得住肚子餓，便當也可以等回教室之後再吃。

話說，感覺就算回教室也得在大家的注視下吃午餐。

我討厭那樣，因此只能就這麼留下來打發時間了。

想到這裡，自己便走到和兩人相同距離的床邊坐了下來。

「我可以稍微在這裡休息一下嗎？」

為了保險起見，我先這麼向兩人確認。

要是被拒絕該怎麼辦？

如果發生了那種事，就說自己不舒服，請她們至少讓我躺在床上吧。

畢竟也沒有地方可以去。

「那當然是沒問題……」

她們像是確認似的互看一眼，接著點了點頭。

這讓我感到安心。

「太好了，畢竟教室讓人覺得肩膀僵硬嘛。」

或許是鬆了口氣，還有因為整個上午都這麼想的關係，我忍不住脫口說出這句話。

兩人注視著我的眼神似乎顯得意外，讓我以為自己說了什麼奇怪的話而慌張起來。

「咦？難不成我說了什麼奇怪的話嗎？」

「不，不是這樣的。只是對露露同學也會有這種想法感到有點訝異。」

「什麼……？」

就算重新審視自己的發言，還是搞不清楚。

或許是理解了我的想法，田中同學主動開口：

「意思是在校園裡大搖大擺的人，也會覺得那樣很痛苦啊。」

「田中！」

雖然相澤同學制止了田中同學，但她說的話已經清楚地傳進我的耳朵裡。

因為說得很誇張，自己不禁笑了出來。
居然說我在校園裡大搖大擺。
「或許是這樣沒錯。」
「什麼嘛，妳不是很清楚嗎？」
相澤同學明顯想要阻止她，卻還是露出一副不知道該如何是好的樣子，來回看著我和田中同學的臉。
不過我對此並未感到不愉快。
「任誰都會這麼想，畢竟學校就像個到處都埋著地雷的地方嘛。」
我很自然地流暢開口。面對這罕見的情況，內心嚇了一跳。
「……即使如此，要是對方主動設下地雷，就躲不開了！」
「咦、咦？」
或許是生氣了，田中同學站起來看著我，面對她隨時可能伸手抓過來的氛圍，我不禁感到慌張。
她是在說什麼呢？
我完全不明白。

「那個，這是什麼意……」

「少裝傻，我可是很清楚你們那群人一直把相澤當成笑柄。」

「我、我不知道……」

我還是第一次聽說這件事。

到目前為止，她們兩個明明從來沒有出現在對話中啊。

「怎麼可能！」

田中同學朝我逼近。

「田中，快住手！」

相澤同學為了阻止她，擋在我面前。

我只能眼睜睜地看著這一幕。因為自己不知道的事被罵實在是糟透了，我在內心的角落這麼想著。

兩人暫時互瞪了一會兒，最後是田中同學坐回椅子上。相澤同學在確認這件事之後，來到我身邊朝我低下頭。

「很抱歉，田中突然做出那種事。」

「妳為什麼要道歉？」

「因為露露同學不是說不知道嗎？明知如此還這樣逼問，再怎麼說也不太好啊。」

「那肯定是她隨口亂說的……！」

相澤同學用眼神制止了打算再次起身的田中同學。

田中同學的視線仍然銳利到彷彿會將我射穿，但現在自己沒心思管這個。

從來沒見過田中同學這麼重感情的模樣，這讓我既驚訝又感動。

雖然不曾懷疑，不過當我因為坐過站去不了學校時，她說自己很擔心應該是事實吧。

她果然是個好人，只是嘴巴有點壞而已……

「……為什麼要護著她？」

即使仍坐在椅子上，田中同學似乎無法接受。

這也是正常的，我也覺得很不可思議。

相澤同學是被人背地裡說壞話的人。

儘管如此，光憑本人說自己不知道這個理由，就挺身保護身為那個說人壞話團體成員的我，再怎麼說也太溫柔了。

「……最近我經常在露露同學不在的時候看到那群人。」

相澤同學慢慢地開口。

「那時，雖然他們的確會看著我露出不懷好意的笑容……不過當他們在笑的時候，也聽見了露露同學的名字。」

「咦……？」

聽她這麼說，田中同學自然不必多說，連我也嚇了一跳。

為什麼現在會出現我的名字呢？

「儘管我以為是錯覺……但是那個，露露同學昨天請假的時候，我一直聽見她的名字……妳沒發現嗎？」

聽到相澤同學的問題，田中同學搖了搖頭。

怎麼會，那麼昨天果然是——

「所以……我才覺得她是真的不知道。」

我不認為相澤同學會說謊，實際上她應該也不是個會說謊傷害別人的人。

所以一切都是事實吧。

相澤同學很清楚「露露」也被當成笑柄的事。

而裡露露一定也一樣，隱約察覺到自己被當成笑柄的事情了吧。

即使知道也無法退出，才會痛苦到必須割腕嗎……？

她真的該遇到這種事嗎？

不管再怎麼說都太過分了。

我自然地低下頭，盯著自己的室內鞋。

「啊，哇，呃……」

從氣氛上來看，我很清楚出兩人什麼話都說不出來，我也不知道自己該說什麼才好，只能一直低著頭。

「……雖然下一堂是體育課，大家一起蹺掉吧！」

唯獨相澤同學莫名開朗的聲音，響徹了整個保健室。

○

接下來我們真的蹺掉了體育課，但我並不後悔。

要是直接回教室，自己肯定會哭出來吧。

一想到若是哭了並因此被取笑，就害怕到忍不住發抖。

但是時間過得很快，宣告第五堂課結束的鐘聲響了。

「萬一真的受不了就來保健室吧。或許很不可靠，但是妳還有我們，我想老師也會願意聽妳訴苦。」

離開時，田中同學這麼對我說道。

「別把自己逼得太緊喔？」

「……嗯，謝謝妳。」

現在只能這麼回答。

雖然不想回去，我還是離開了保健室。

剛上完體育課的教室裡，還沒有任何人在。

因為在心情一片混亂的情況下離開保健室，我不知道自己究竟該擺出什麼表情才好。

總而言之，必須設法別哭出來才行。

可是如果被那樣關心，我可能會哭出來。

那麼，只要注意表現得跟平時一樣就行了嗎？

不，那樣也很勉強。

我沒有自信能在無法信任的人面前表現得跟往常一樣。

就算知道必須那麼做，就憑自己這顆尚未做好心理準備，澈底失控的心也辦不到。

今天只能暫時設法敷衍到放學了……

「啊，露露！身體還好吧？」

「妳連午休結束了都沒回來，讓人很擔心耶！」

在我想著這種事的時候，小佐奈和小尤莉亞回到了教室。

她們圍在我的座位旁。

「抱歉，總覺得身體比想像中更不舒服……」

我只能這麼說。

「畢竟昨天才剛因為感冒請假嘛，這也沒辦法呢。」

「不過今天的體育課很有趣耶，要是露露也在就好了～」

「這樣啊，真是太好了。」

我將心中浮現的「是因為我不在才有趣吧」這句話拋在腦後。

這麼說來，我想起之前體育課打籃球時，自己沒能接好小尤莉亞傳給我的球，直接被對手隊伍抄截的事。

雖然當時她說沒關係……

「所以，我今天就早點回去吧。」

「是嗎，我知道了！」

「今天也要好好靜養喔。」

她們會不會在私底下說我明明國中打過排球，運動神經卻很差之類的話呢？

甚至讓人懷疑起過去發生的事。

○

放學後不僅要抄寫課堂上的筆記，還要快點把請假那天出的作業寫完才行啊……

直到班會結束，我才想到這件事。

腦子裡亂成一團，讓我幾乎忘了念書和其他的事情。

一切都糟透了，甚至有種所有占卜運勢都是最差的感覺。

「那麼，明天見嘍。」

「嗯，回家路上小心喔。」

「明天也別逞強喔～」

我乾脆地認定已經沒辦法，便照他們說的早早離開學校搭上了電車。

明明是這樣，自己至今還沒回到家。

這次在回程電車上坐過站了。

「搞砸了……」

我明白為什麼會這樣。

是因為自己在電車上一直反省著過去發生的事與思考接下來要做的事。

雖然大部分都在反省就是了……

而且我反常地將今天發生的事情打成一長串訊息傳給裏露露，也導致自己分心吧。

這會是為了制止我平時不會做的胡思亂想，所發出的嚴厲警告嗎？

就算是自己的失誤，這件事還是難受到讓人想這樣推卸責任。真希望別發生這種事。

主要是錢包方面的關係……

雖然難得來到平時不會造訪的車站，今天似乎買不了可麗餅。

光是付回程的車錢就已經差不多了。

早知道會發生這種事，我就會忍住前天突然想吃便利商店點心而去買的衝動了……！

話說回來，這個車站究竟有什麼呢？

因為這是第一次在不常前往的方向下車，所以不太清楚。

雖然覺得有可能被到處亂晃的同學發現，但立刻回去也很無聊。

我順從自己的好奇心，在站內閒晃。

乍看之下不像是什麼都沒有，但也沒有特別吸引我的東西。

在這個車站下車的人或許都年齡偏高也說不定。

要是出了車站還是什麼都沒有就回頭，老實地回家吧。

當我抱著這個想法走出車站大廳時，見到了一張熟悉的面孔。

儘管覺得或許只是長得很像，自己還是忍不住開口：

「請問，妳是之前在可麗餅店的……！」

沒錯，我遇見了之前在可麗餅店交談過的大姊姊。

「啊……」

向她搭話之後，我才發現自己在這個世界沒有見過她。

但是，說出口的話也不可能收回。

不出所料，倚靠在牆邊玩著手機的大姊姊露出了驚訝的表情。

「咦？怎麼了？我的確是在可麗餅店打工……」

「啊，這個……那個……」

我一時想不到該說什麼才好。

這個世界的她原來在可麗餅店打工啊。雖然這麼想著，但連這句話也說不出口。

隨後大姊姊主動用理解般的語氣這麼對我說道：

「難不成是客人嗎？如果是的話真抱歉，因為我還在練習，所以完全記不住客人的長相……」

在大姊姊心中似乎是這麼想的。

我對自己沒有被當作怪人這件事感到安心，並點了點頭。

「啊，是這樣啊，那還真是對不起……」

「不會。不過總覺得很開心呢。既然會特地跟我打招呼，就代表很好吃吧？」

「啊，是的。」

面對露出笑容的大姊姊，我不由得點了點頭。

我沒有在這個世界吃過可麗餅，所以這是在說謊。畢竟不可能在這個時機點講出「不是這樣的」這種話。

不過，在另一邊的世界最後吃到的可麗餅真的很美味。

自從吃到不怎麼好吃的可麗餅之後，我趁著假日又去挑戰了一次。

當時點了口味穩定的巧克力香蕉，因為餅皮真的很好吃，暗自感動的記憶十分鮮明。

要是這個世界的大姊姊也能做出那種可麗餅就好了——我事不關己地這麼想著。

「我會再去吃的。」

即使不知道是在說哪邊的可麗餅店，但我自然地這麼說道。

聽到我這麼說，大姊姊笑得更開朗了，臨走前還揮了揮手，讓我開心地覺得這個大姊姊果然是個好人。

這個世界未必全都是壞事。

在那之後我回到車站老實地搭上電車，在搖搖晃晃的車廂裡這麼想著。

比起對面的世界，那個大姊姊在這裡看起來更加耀眼。雖然或許是錯覺，但我有這種感覺也是事實。

所以，並不是這個世界讓一切變得更糟。

只是自己在這個世界也碰巧置身在不太好的狀況罷了。

甚至到了就算這裡沒有求愛性少女症候群，也讓我想返回原本世界的程度。

這並不代表原本的世界很好。

要是有其他選項，我也許會選擇那裡。

不過，倘若留在這個世界一定會變得更糟。
或許會像裡露露一樣，開始割腕也說不定。
也有可能像裡世界的娜娜或艾莉姆一樣，去聲色場所尋找棲身之所。
我非常害怕自己變成那樣。
所以想回去原本的世界。
……回去之後，首先要做什麼呢？
明明連方法都還不知道，我的腦袋卻開始思考這件事。
總而言之，真的去吃可麗餅吧。

◇來自日常生活的再見

回家之後。

我躺在床上。

雖然制服可能會變皺，但現在沒心情管那個。

表露露已經無法適應對面的團體了。

我早就料到不久後會變成這樣。

至今一直待在文靜團體的人，不可能和做什麼都很煩人的團體打成一片。

而且，似乎還發生了讓她遲遲不願意透漏的討厭事情。

即使無論怎麼問她都不肯回答，所以不清楚詳細情況……不過總覺得應該跟我想像得一樣。

畢竟那個團體會做的事，自己大致上都知道。

因為這個緣故，據說她現在過著連社群網站通知都感到害怕的生活。

那個聲音的確很可怕。

就連在思考該怎麼回覆的時候，也一直響個不停。

讓人有種被逼到走投無路的感覺，所以才討厭。

這說明表露露她變得跟剛開始自殘的我一樣了。

也就是說，這也證明了叫做「露露」的存在無論如何都無法適應那個團體。

這讓我知道自己不惜做出自殘行為也想逃離的現實，毫無疑問就是我真心想逃避的。

雖然對此鬆了口氣，但再這樣下去不知道表露露究竟會變得怎麼樣。

因為她說過自己沒有勇氣割腕，所以應該不會發生那種事……不過要是發生了我的身體消失之類的情況，那可就不得了了。

那樣不管我怎麼想，都無法恢復原狀。

而且，娜娜也說回去比較好。

那麼一定得回去才行。

為了這個目的，必須找出方法……

老實說，我不喜歡展開行動，但無法對同樣擁有露露這個名字的人見死不救。

另外，像娜娜那種美少女說的話意外地有說服力，真是可怕。

不如說正是因為娜娜講了這種話，才會覺得必須回去也不奇怪。即使有人用魔女之類的說法來形容她，若是現在我覺得很適合。

話雖如此，也不可能馬上就找到恢復原狀的方法。

畢竟也不能隨便拜託娜娜和艾莉姆……

她們或許會因為有趣而願意聽我說，但我不認為這樣就能夠解決。

如果娜娜是魔女，就能請她用魔法的力量想點辦法了，但我不覺得她會做這種對別人有好處的事，真是個魔女……因為這全都只是自己的妄想，再怎麼想都是浪費時間，真是蠢斃了。

而且這件事也不能告訴相澤同學或田中同學。就算說了，假如不先讓她們相信也是白費力氣。而且就算相信了，她們的能力也不如娜娜和艾莉姆，因此什麼忙也幫不上吧。

這麼一來，就沒有任何認識的人能夠依靠了。

我不可能有辦法解決這種情況。

無計可施了，這一切都讓人開始感到厭惡……

這時候才發現自己的手上正握著剪刀。

「呀……！」

我忍不住尖叫出聲，連忙鬆開手。剪刀與地板碰撞並發出清脆的聲響。

似乎是在不知不覺間從手裡的書包拿出剪刀，並且握在手上。

我打算傷害這個身體。

是想要割腕嗎……？

自從交換身分後就沒有產生過這種衝動所以忘記了，但我是個會試圖傷害自己的人。

感到害怕的我將裝有剪刀的鉛筆盒放在房間門前。

接著把門關上。

或許會被覺得奇怪，但我認為總比在無意中傷害自己來得好。

為了慎重起見，我朝桌上看了一眼。在確認沒有剪刀之後，無力地坐在靠墊上。

總覺得光是這幾分鐘，就讓我累得要命。

壓抑自己內心的衝動十分困難。

……我究竟是什麼時候開始自殘的呢？

回過神來之後，開始回憶過去。

卻想不起是什麼時候開始的。

就連開始自殘的理由也已經忘記了。

更何況現在也不需要什麼理由。

只要做事稍微不順，我就會傷害自己，就是這樣。

就連剛剛都想這麼做。

沒錯，就像是輕微的逃避現實一樣。

這種事情在我心中已經是理所當然的行為了。

但是，一定存在理由。

不然我也不會想傷害自己。

大概是有著在團體之中，唯獨自己做什麼都不順利之類的理由。

因為這樣的想法無時無刻都在我心中。

這件事直到現在也沒有改變。

為什麼我會跟其他世界的自己交換身分呢？重新思考一遍之後，還是完全不明白。

交換過來的這個身體沒有任何傷痕。

這不是我的身體，所以不能留下傷痕……

我一開始也覺得很害怕。

正因如此，自己至今還記得美工刀劃過肌膚時的感覺。

唰的一下，刀刃比想像中更加自然地割開肌膚。傷口滲出血，並感到疼痛。

明明是很小的傷口，鮮明的疼痛仍對我的大腦造成了衝擊。

心臟也一直撲通撲通地跳得很快。

面對那至今從未有過的感覺，我自然而然地笑了出來。

雖然對自己笑出來的狀況感到不對勁，但實際上就是這樣，所以也沒辦法。

我對自己的疼痛露出笑容。

對自己傷害自己一事笑了出來。

這個事實已足以用來當作傷害自己的理由。

我擦掉流出的血，貼上ＯＫ繃。

因為位置很奇怪，或許會被爸媽詢問發生了什麼事。儘管有想過該怎麼回答，還是決定隨便帶過。

我也是個高中生了，沒有必要老實回答父母所有的問題。

不過他們肯定壓根兒也不會想到是我自己割的吧。

畢竟就連我也沒想到自己會有這種膽量。

即使的確很可怕，不做到這種程度就無法平復我內心的激動。

為什麼只有自己什麼都不順利呢？

明明都這麼努力了，到底是為什麼呢？

我跟其他人究竟有什麼不同？

總之我每天一直想著這種事，而且還沒有地方可以發洩。

每天都像是活在地獄一樣。

表露露有辦法控制這種情緒嗎？

還是因為加入的團體不一樣，不會產生這種情緒呢？

明明她應該被名為症候群，更加厲害的症狀折磨著？

到底是為什麼！

我的情緒又激動了起來，而且對象還是跟自己一樣的「露露」。

沒錯，是露露。

「……沒什麼好為什麼的。」

一想到是對自己情緒失控就覺得很空虛，原本激動的心情瞬間消失得一乾二淨。

就算對表露露發脾氣也無濟於事。

我呆愣地看著天花板。

就算這麼想，心中的激動依然沒有消失。

自己拚命地壓抑著想要割腕的衝動。

「竟然會想看血，簡直就像個危險人物一樣嘛。」

……不，從旁人的眼光來看，我早就是個危險人物了吧。

否則也不會去碰藥物這種東西了。

我差點哭了出來，自己到底是有多差勁呢。

為什麼？為什麼會做什麼都不順利呢？

全都是我的錯嗎？

都是因為我適應不良，不知道自己有多少能耐的關係嗎？

自己的能耐是指什麼？像那種事情怎麼可能會知道嘛。

該怎麼辦才好？

我到底是哪裡做錯了？

回答、問題和嘆息同時浮現在腦海中。

真令人不舒服。

因為想呼吸外面的空氣，於是打開窗戶。

吹進來的風不冷也不熱。

就算是難以分辨好壞的空氣，現在吸了之後也覺得心情稍微平復了些。

我透過打開的窗戶仰望天空。

再過一會兒，耀眼的月亮就會升起吧。

這麼說來，占卜的結果是月亮，好像說之後會變得穩定吧。

結果一點都不穩定，只讓人覺得好笑。

是因為我沒有為了追求安定而努力的緣故嗎？

還是每天提心吊膽過生活的人，即使努力也沒有意義？

為什麼？

世上充滿了讓人無法理解的事。

想要割腕的衝動正逐漸增強，真危險，好可怕。

更何況自殘行為是我平時就會做的事，因此肯定不能解決問題。

要是做出更誇張的事，也許就可以。

「……啊。」

此時我想到了一個自己會做，但又不符合自己風格的行為。

○

隔天午休，我來到屋頂。

這裡就跟以往造訪時一樣，吹著宜人的風。

是絕佳的日子。

原本不想傷害這個身體，結果還是落到得傷害它的情況，這讓我覺得很難過。

最好的情況，是我們都能恢復原狀，這個身體也平安無事。

……不，至少希望表露露能夠恢復原狀，而且平安無事。

我一邊如此祈求，一邊抬頭仰望天空。

天上有一個白皙的月亮，接近滿月的它正靜靜地俯瞰著我。

這麼說來，為什麼月亮會代表穩定呢？如果有仔細聽說明就好了，同時又覺得就算聽了也無濟於事。

我的人生一點都不穩定。

這裡也不是我的理想世界。

因為不敢往地面看，我抬頭仰望天空，腳步朝著空無一物的空間踏了出去。

身體就這麼在重力的影響下逐漸墜落。

總覺得有人在呼喚我的名字，會是錯覺嗎？

呼喚自己名字的聲音，好像令人有點懷念。

隨著聲音越來越大，心中湧現出的這股情感究竟是什麼呢？

憑我逐漸淡薄的意識，實在無法理解。

▲當然會擔心啊

在班會上，老師說好像有個叫露露的學生從屋頂上跳了下來。

教室裡頓時充滿慘叫。

會這樣也是正常的，畢竟沒人想遇到同學跳樓。

聽到這件事情時我非常冷靜，並開始思考做出這件事的究竟是哪個露露。

因為裡露露說過自己會割腕，所以我認為這或許是那起事件的延伸。同時也覺得這或許是最自然的答案。

既然平時就會割腕，那麼對傷害自己的事變得遲鈍應該也不奇怪。

或許也能當成是對於會返回原本的世界感到絕望。

之前聊天的時候，她對於返回原本世界顯得猶豫。

可能是她覺得與其回到會想割腕的現實，不如乾脆跳樓算了。

無論如何，可以推斷出在這其中有著不僅僅侷限於手腕上的感情。

相對的，我想如果換作是表露露——原本在這個世界的露露，可能會因為回到這裡的事情感到絕望而跳樓也說不定。

但是，我不認為她有這種勇氣。

和有割腕的露露截然不同的她，真的能那麼果斷地做出這種事嗎？

其中或許也包含了自己不希望她這麼做的願望。

要是她因為去了不同世界萌生了那種「勇氣」，我會感到非常訝異。

假如發生那種事，那實在太過悲慘了。

那種勇氣還是不要有比較好。

這讓我對她為何非得遇到這種事不可，以及對那不知身在何方、引發此次事件的架空存在加以譴責。

「不對……」

此時我忽然回過神來，自己有必要投注那麼多感情嗎？

我們只是暫時締結了共犯關係而已。

並不是朋友。

因此就算思考墜樓的是哪個露露，還是這件事多麼悲慘都沒有意義。

這只是我的自我滿足罷了。

但是，露露稱讚了我畫的漫畫。

當時她感到意外仍開口稱讚的表情，自己至今仍記得很清楚。

光憑這一點，我就知道自己心中對她抱持著超過共犯關係的感情。

然而，即使如此。

「妳很擔心吧？」

班會似乎在不知不覺間結束了，柚葉正站在我的面前。

面對她這句彷彿看穿我想法的話語，我感到很困惑。

平時明明那麼不正經，為什麼唯獨這個時候這麼敏銳呢？

而且她的態度跟平時一樣，是用不經意的語氣這麼詢問。我很清楚她正在用眼神說著：「一定是這樣對吧。」

有時候，她會在完全無意識的情況下觸碰到我的內心深處。

真令人畏懼……

「因為艾莉姆在發呆，所以我替妳跟老師打聽了很多事喔。那個從屋頂上跳下來的孩子似乎平安獲救，目前正在保健室休息喔。」

「咦？怎麼會？」

既然是從屋頂上墜落，就算被送上救護車也不奇怪。

到底是為什麼呢？

「聽說好像是下面的樹好好地接住了她的關係，所以身上沒有明顯的外傷，現在只是失去意識睡著了。」

就算是這樣……

從校方的角度來看，會不想公開校內發生跳樓事件也很正常。

而且要是救護車開進來，任誰都能猜到附近民眾和學生家長們肯定會來詢問發生了什麼事吧。

可是就算是這樣，明知道可能發生意外，還不把人送去醫院實在令人難以苟同。

畢竟要是露露的身體出了狀況，每個人都會覺得是校方的錯，這樣不是更麻煩嗎？

「……學校真是討厭呢。」

我忍不住這麼說道。

「居然擺出這種表情，真令人嫉妒。」

「咦？才沒那回……」

明明應該是在說常識範圍內的話題，為什麼會講出讓人嫉妒這種話呢？

我不太明白。

「好，既然擔心就去探望一下吧！」

「可、可是……」

還要參加社團活動。

我們也不是朋友。

老實說，我連該怎麼開口也不知道。

「我先走嘍！」

「為、為什麼柚葉妳要！」

自己還來不及開口阻止，柚葉已經踏著輕快的腳步離開了。

我先是愣了一會兒，接著開始朝保健室的方向走去。

用即使與老師擦肩而過也不會被罵，但能夠追上柚葉的速度快步趕路。

學姊們都是只要說明情況就能諒解的人，所以社團活動方面應該沒問題才對，而且，

現在也沒有需要趕工的作品。

是表露露嗎？

還是裡露露呢？

關於她是因為什麼理由跳樓的，我完全一無所知。

但自己還是覺得露露平安無事真是太好了。

◆尾聲

我醒了過來。

有點喘不過氣。

雖然不記得具體內容，但感覺最近一直在作很不舒服又討人厭的夢。

總覺得最近醒來的時候好像一直都是這樣？

假如是這樣，我真的一點都不高興耶。

「妳已經沒事了嗎？」

「咦，呃……」

被一個沒見過的人盯著看，讓我嚇了一跳。

她是誰啊？

看起來好像不是保健室老師，而是學生……

會不會是保健室的常客之類的呢？

因為某些原因一直待在保健室的學生，也能代替老師做事……呃，現實又不是漫畫，應該不會有這種事吧。

而且要是真的有這種人，怎麼可能會沒有相關的傳聞。

如果是這樣，那她到底是誰呢？

被陌生人一直盯著看，總覺得很不舒服。話雖如此也不能突然從保健室的床上起身，這讓我動彈不得。

「請問……」

「柚葉！」

「啊，艾莉姆。」

這時候，艾莉姆有點上氣不接下氣地進來了。

也就是說，艾莉姆認識她嗎？

想到這裡，我開始覺得自己似乎跟她見過面。

印象中在校慶的時候，她好像作為漫研的社團成員跟艾莉姆待在一起。

「真是的，妳為什麼要先跑掉啊？」

「啊哈，抱歉抱歉，我很在意艾莉姆的朋友是怎樣的人嘛。」

「所以就說我們不是朋友了。」

「為什麼啊～既然之前經常聊天，足以稱為朋友了吧？」

「我不那麼認為就是了……」

「咦～？那麼難不成我們不算朋友？」

「……妳該不會在嫉妒吧？」

「這個才是誤解啦！」

看來她似乎是艾莉姆的朋友。

既然會用名字來互相稱呼，她們的感情應該很不錯吧。

兩人在眼前進行我無法介入的對話，只能不知如何是好地聳聳肩。

不過，總覺得艾莉姆身上的氛圍變得比之前更加溫和了。

漫研的活動就是給她帶來了這麼大的正面影響吧。

我的心稍微有些刺痛。

「不過，妳看起來沒事真是太好了。」

艾莉姆忽然轉過頭來這麼對我說。

沒想到她會擔心到過來探望，我非常開心。

不過，我很在意她有沒有空做這種事。

「艾莉姆，社團活動沒問題嗎？」

於是我拐彎抹腳地問道。

「是有活動啦……只是因為小林同學說探望一下比較好，我也覺得好像的確如此才來看一下而已。」

「是這樣啊。即使如此我也很開心喔，謝謝妳。」

原以為艾莉姆說完之後就會立刻去參加社團，但連她也開始盯著我的臉看。

「難不成我臉上沾了什麼嗎？」

「不，只是覺得妳是『真正』的露露。」

「啊。」

聽她這麼說我才想起來。

自己至今都是以其他世界的露露身分度日的。

雖然並非心甘情願，艾莉姆還是擔心地來探望我，而且她也有加入漫研。

那麼，這裡毫無疑問是原本的世界吧。

這個事實讓我由衷地鬆了口氣。

但是她的視線依然緊盯著我的臉。

對此不禁感到害臊的我，用身上的被子摀住了臉。

「啊。」

艾莉姆很遺憾似的發出聲音，但對於不清楚到底是怎麼回事的我只覺得很困惑。

「說真的，為什麼要一直盯著我的臉看啊？很讓人害羞耶……」

「啊，沒事……難道說，妳遇到了什麼好事嗎？」

艾莉姆戰戰兢兢地問道。

「什麼意思？」

因為不明白她為什麼要問這個，我提出了反問。

「因為妳一副卸下重擔的表情，所以才認為可能發生了什麼事。」

「妳說重擔……」

我一瞬間產生了既然經歷過前往其他世界這種莫名其妙的事，那麼反而應該是加上了某種負擔的想法。

然而自己無法開口否定。

因為正如她所說，身體有種變輕鬆的感覺。

「雖然不記得了，但或許是吧。」

「不記得是什麼意思啊？」

面對艾莉姆理所當然的指正，我們一起笑了出來。

感覺艾莉姆似乎連笑的方式都變柔和了。從旁人的角度來看，我認為這樣比較好。而小林同學應該也跟自己有同樣的想法吧。她在聽我們聊天的時候，臉上一直掛著柔和的笑容。

「請盡量講得詳細點喔，畢竟娜娜一定也很在意這件事。」

艾莉姆帶著笑容瞬間拉近距離，還以為心臟會因此停住。她在我耳邊這麼說完後，便立刻離開我的身旁。

她那有如謊言般的虛幻話語，一直在耳邊迴盪著。

儘管有點不想讓娜娜知道，但讓她擔心也是事實，還是說出來比較好……

等我回到家，在腦海裡整理完之後就說出來吧。

「啊，不過為了慎重起見，或許去最近的醫院檢查一下比較好呢。」

「咦？為什麼？」

「總之去就對了。」

她用強硬的眼神這麼對我說道。

……她是因為我的症狀這麼嚴重才過來的嗎？

或許因為說話的人是艾莉姆，充滿了說服力。看來真的去一趟比較好。

雖然去醫院的確很麻煩，然而要是因為症候群以外的緣故身體不適就不好了。

就在這個時候，保健室老師走了進來。

「那麼，我們就先離開了。」

於是艾莉姆跟小林同學走出保健室。

離開時並未對我揮手。

隨後老師開始詢問我的身體狀況是否有問題。

判斷目前身體沒有地方會痛之後，我向老師道謝並離開了保健室。

因為老師也說去醫院比較好，所以應該不會有錯。距離上次這麼早回家，究竟隔了多久呢……

我在走廊上邊走邊想著。

娜娜果然不打算來。

不過，她一定在學校的某個地方吧。

就算現在不在學校，只要明天她願意來找我就行了。
只是剛好艾莉姆那位關心我的朋友不清楚我們的情況罷了。
或是發生了艾莉姆變得溫柔，開始關心跟她有點關係的我這種特殊情況而已。
如果是原本的共犯關係，應該不會因為擔心對方而去保健室探望。
就算聽說娜娜臥病在床，我應該也不會去保健室探望她吧……
真是這樣嗎？
自己或許會因為覺得娜娜虛弱的樣子很稀奇，而去探望她也說不定。
不過這又不是出於擔心，應該很符合我們的關係吧。
……就用這種方式來解釋吧！嗯！
這麼說來，我最後在另一邊做了什麼呢？
只知道自己在不知不覺間來到保健室，在那之前的事完全想不起來。
唯一知道的，就只有裡露露最後大概是在保健室休息而已。
醒來時就已經躺在床上了。艾莉姆和老師都要我去醫院，這代表自己的身體狀況有那麼差嗎？
老實說現在因為完全沒有任何感覺，就算要我去醫院也只覺得莫名其妙。

或許是症候群的錯。

我在剛得到症候群的時候，要不與人接觸十分困難。

畢竟學校常常會發講義，而且桌椅也離得很近。

就算注意不去跟人接觸，也沒什麼意義。

或許是這件事對裡露露來說也很困難，使她和比預期更多的人產生接觸，才會導致身體不適。

這麼想可能是最自然的。

症候群果然很麻煩呢。原來如此，會產生這種想法的我可能的確卸下了重擔。

話說回來，既然我回到了這裡，代表另一邊應該也一樣吧？

會不會發生什麼奇怪的事呢？

不要緊嗎？

為了跟裡露露確認，我打開了聊天程式。

但是歷史訊息上沒有另一個露露的名字，都是些與交換身分前毫無區別的訊息。

「咦……？」

就算覺得奇怪滑了一下動態，也沒發現露露這個名字。

為了慎重起見也看了朋友名單，還是沒有找到露露。
因為想確認彼此是不是真的恢復原狀了，所以有點遺憾。
她回到自己的世界了嗎？
會想在自己的世界生活下去嗎？
腦中浮現了大量想要詢問的事。
但是沒有聯絡她的手段。
畢竟不知道她有沒有其他帳號。就算有，也不清楚是否還能聯絡得上。
這個聯繫簡直就像奇蹟一樣，消失得無影無蹤。
我只能呆愣著站在原地。
「全都像是作夢一樣……」
如同夢境般令人難以置信。
就算把這件事講出去，大多數的人應該都不會相信吧。
但這並不是夢境，而是現實。
我前往了沒有症候群的世界，並且知曉了就算沒有症候群，也未必就能得到幸福。
是這樣吧？

能夠回答我的人，已經不在這個世界。

我真的回到了自己的世界裡。

『這就是這次事情的始末……有好好傳達出去嗎？』

『傳達得很清楚喔。』

『要不要寫成小說，試著投稿看看？』

『咦？』

『應該能引起一些人的關注吧？只要營造出真實感就沒問題了。』

「什麼真實感啊……」

看到手機上傳來的訊息，我忍不住這麼說道。

雖然那或許是我實際體驗過的事……但如果想把它實際寫成文章，肯定需要非常厲害的寫作能力。

要是我有這種能力，就不會對讀書心得或小論文感到煩惱了。

『妳知道我做不到還講這種話嗎？』

『才沒那回事喔？』

『誰知道呢～』

面對娜娜一如往常的發言，我既覺得開心，似乎又並非如此。

即使這麼說，光是能像這樣聊天就該感到高興了。

回到原本世界家裡的我，現在正在社群網站上和娜娜還有艾莉姆聊天。

因為想起艾莉姆要我說得詳細一點，我在三人的聊天群組將這次發生的事簡單地統整後打了出來。

話雖如此，由於途中的事情裡露露都說過了，我能說的事其實也不多。

畢竟失去了與她聯絡的手段，導致我不太記得恢復原狀前的事情了嘛……

自己最後到底在對面世界做了什麼，實在是想不起來。

而且就算環顧房間裡也沒有任何改變，因此沒有真的回到原本世界的感覺。

雖然能像這樣跟艾莉姆和娜娜聊天代表我已經回來了……然而變化少到不像是暫時有其他人待過的樣子。

原以為氣味之類的東西搞不好會有變化，但並沒有任何改變。

我開始想像裡露露現在應該也像這樣在房間裡悠閒度過吧。

要是真的能放鬆就好了……也有可能不是這樣。
或許她正因為想到明天學校的事，而感到煩心也說不定。
這點我也一樣，但她一定覺得更討厭吧。
甚至有可能正在割腕。
然而，我什麼也做不到。
不僅如此，像這樣覺得她很可憐大概也很狂妄吧。
因為我對能回到這個世界感到安心。
絕對不想再去對面的世界了，如果要過去，不如一直罹患症候群還比較好。
……這樣講或許有點太誇張了。
自己會在這個世界盡力而為，希望不要再把我送去其他地方了。
這種像漫畫一樣的事，只要遇到一次就夠了。
『那麼，妳認為這次的事情是求愛性少女症候群嗎？』
面對娜娜傳來的訊息，我感到很納悶。
雖然從裡露露那裡聽說娜娜講過這樣的話，但一直不清楚她為什麼認為這是求愛性少女症候群。

『這是什麼意思呢？』

『就是字面上的意思啊。』

即使如此，我還是不太明白。

『不是說症候群只有這邊的世界才有嗎？』

『儘管兩個露露都這麼說，但未必就是這樣吧？說不定對面世界第一個得到求愛性少女症候群的人，就是裡露露喔？』

『……關於這點，沒有人能夠反駁呢。』

正如艾莉姆所說。

因為沒有聯絡裡露露的方法，所以也無法確認。

追根究柢，關於求愛性少女症候群，這邊的世界知道的也很少。

那就像是只將發生任何事都不奇怪的可能性散布到世界上一樣。

『而且，也有可能是這個世界出現了不是症候群的某種疾病，而表露露就是第一個接觸到它的人。』

『嗚哇，我不願意這麼想耶。』

這種討厭又麻煩的事情居然有遇到好幾次的可能性，這個世界到底是怎麼回事啊？

簡直一團糟嘛，我將臉埋進靠墊裡。

柔軟的靠墊像是在接納我一般逐漸下沉。

要是世界也能這麼溫柔就好了。

像那種溫柔的世界，肯定也不存在私帳吧。

『……假如不是症候群，意思是我們也有可能遇到？』

『沒錯沒錯，有這個可能性。說穿了，症候群也只是控制住，並不是已經痊癒了。』

雖然話題性變低，至今依然每天都有人會在社群網站發布症候群的發病報告。

只要還有人在這麼做，她們發病的事實就不會消失吧。

『話是這麼說沒錯……不過那樣很令人困擾呢。』

『的確會困擾，但是這也是沒辦法的事。所以，要是身邊或是社群網站上遇到什麼怪事，希望妳們能告訴我。當然，要是遇到我也會講出來。』

「這個，該不會是指……」

我能清楚地感覺到自己的心臟跳得很快。

於是用顫抖的手輸入了訊息。

『要重新開始共犯關係的意思嗎？』

『就是這樣吧。怎麼樣？我認為這個提議還不壞就是了。』

重新開始共犯關係。

現狀沒有好轉確實令人感到擔憂，即使考慮到這點，這件事依然讓我感到興奮。

『我覺得這樣很好。反正在這個群組聊天的機會很多也是事實，不如乾脆當朋友怎麼樣？』

『那就不必了。』

娜娜乾脆地回絕了。

不過，我們也是喜歡這種感覺才聚集在一起的。

艾莉姆一定也不是認真的才對。

『那麼，露露覺得怎麼樣？』

面對娜娜提出的問題，我在現實中也點了點頭。

『我覺得很好，畢竟不知道接下來會發生什麼事嘛。』

『那就這麼決定了！大家請不要只想著讓自己解脫喔。』

『我覺得這句話應該對娜娜妳自己說才對……』

『那是兩回事啦！』

○

大致上聽完露露的報告之後，我為了結束話題傳了張貼圖。

『總而言之，下次再聊吧！』

確認訊息傳出去之後，關閉手機。

老實說，我認為這次的事件與求愛性少女症候群是否有關並不重要。

問題在於或許會被送往其他世界的可能性。

雖然覺得莫名其妙，但我不認為那個露露能夠一直說謊，因此應該是真的吧。

這件事對自己而言，有可能是個很大的威脅。

身為讀者模特兒的活動好不容易變多了，我可不想被這種事情妨礙。

就算沒被送去其他世界，也有可能受到某種不是症候群的病症妨礙。那個病症的原因有可能不是煩惱，而只是隨機挑選對象也說不定。

這下光是不再害怕症候群，也不能感到滿足了。

作為對策，我決定暫時再次重啟共犯關係。即便那兩個人的確不太可靠，有些事確實是因為她們才得到了改善，能利用的東西就該善加利用。

我不允許任何人妨礙自己的夢想。

……為了這件事，得快點睡覺才行。

明天再開始好好思索這件事吧。

○

露露的報告和短暫的閒聊結束後，我關上了手機。

「交換身分……或許還不錯呢。」

無論這次事件的原因是不是求愛性少女症候群，都很令人擔心。

然而自己滿腦子都是接下來要與漫研的大家基於興趣一起畫合誌的事。

目前正在策劃要在上面畫些什麼。

最近我發現在念書的空閒時間這麼做會比較有進展。雖然似乎有些人連上課時間都拿來思考，但要是不專心聽課，就沒辦法維持良好的成績，因此我只記在便條紙上。

姑且不論這些，漫研也有幾本關於交換身分的漫畫。印象中把因此產生的誤會變成笑點的作品也很多。

儘管不清楚能不能變成笑點，在思考作品的過程中，我開始想試著想像身體或立場突然改變的人的思考邏輯。

如果有機會，我也想跟露露打聽一下，會很困難嗎……？

就先考慮一下吧。

創作要思考的東西很多，趣味無窮。

而且那個叫做合誌的東西似乎會拿去參加稱作即售會的活動。

在那個活動上，據說預計會有許多志同道合的人們推出各式各樣的作品……

居然能看到那麼多不同的作品，真是太令人期待了。

此外，因為購買費用將由社團成員分攤，並且放在社團教室的緣故，也不用擔心要把作品帶回家裡。

就算是為了這個樂趣，現在也必須好好用功才行。

我再次拿起自動筆，開始專心閱讀參考書。

○

報告結束後，我鬆了一口氣。能說的事情或許很少，但回想起來，還真是發生了很驚人的事呢。

結果，這次發生的事是症候群引起的嗎？

還是其他不同的某種東西呢？

最後還是沒有任何人知道答案。就算裡露露知道了，既然她直到現在都沒有聯絡，就意味著沒有方法能告訴我吧。又也許是她不打算告訴我，或是抽不開身……

自己也無法知道究竟是怎麼回事。

這讓我重新意識到，人際關係真的很麻煩。即使表面上看起來很開心的這個團體和那個團體，每個人的內心或許都很疲憊。現在意識到這點之後，羨慕的心情少了一半。

當然，這不代表我完全不羨慕，而且自己在那個團體的確有開心的事。

不過我學會了現在的距離感就足夠了，這是一種進步。

所以，當聽到要重新開始共犯關係之後，就一直覺得很興奮。這是因為那種距離感非常舒適。

雖然對這件事本身感到開心，但要是真的像娜娜所說，發生了更奇怪的事怎麼辦？

我受夠像漫畫一樣的事情了。

總而言之想穩定地過日子。

就算不有趣，不耀眼也無所謂，想要過平靜的生活。

我的願望明明就只有這樣。

儘管如此，不知道為什麼。

仍有種或許會發生某種事情的想法。

抬頭一看，從沒拉起的窗簾可以看到月亮已經升起。

希望什麼事情都不會發生——我這麼向月亮許下願望。

後記

您好，好久不見，我是城崎。

這次非常感謝各位閱讀《VENOM 3》。

接下來才要看的讀者也請多多指教。

本書直到發行讓各位等了很久，讀者們自然不必多說，也對所有參與出版的相關人士感到非常抱歉。

另外，本書即使花了這麼多時間仍能夠問世，當然得歸功於各位讀者，以及所有參與出版的相關人士，實在非常感謝大家。

為了避免未來再次發生這樣的事，我會更加謹慎地過活。

雖然闖了非常大的禍，不過《VENOM 求愛性少女症候群》正在《COMIC GENE》上連載，並引起了不錯的迴響。要是各位願意支持，我會很開心的。

由於漫畫中的露露、娜娜和艾莉姆的角色形象與作為輕小說的本作不同，因此我抱著新鮮的心情閱讀著，並且期待接下來的發展。

那麼接下來是謝詞。

我要向責任編輯M、かいりきベア老師、のう老師，以及與這本書有所關聯的所有人獻上發自內心的感謝，真的非常謝謝各位。

那麼，如果還有機會的話就再見囉。

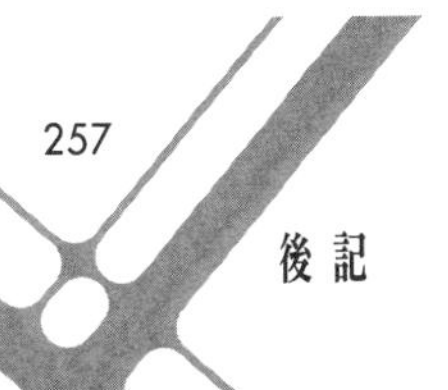

非人學生與厭世教師 1 待續

作者：来栖夏芽　插畫：泉彩

討厭人類的教師與充滿魅力的非人少女們，
熱鬧的校園劇現正開幕！

年近三十的尼特，人間零打算到大自然圍繞的山中學校以悠哉的教師生活復健，結果那裡竟是教育非人種族成為人類的女校？這並非異世界奇幻篇章，也不是重啟人生的轉生冒險，只是平凡教師在有點奇特的學校與幾個目標成為人類的非人少女們相處的故事。

NT$250/HK$83

自從能夠讀取他人祕密後，我的校園戀愛喜劇就此開演 1 待續

作者：ケンノジ　插畫：成海七海

弱小的路人甲變身為戀愛強者！
把高嶺之花和辣妹都悉數攻陷，EASY戀愛喜劇！

有一天，我變得能夠「看見」可說是他人祕密的「狀態欄」——高冷正妹其實愛搞笑!?巨乳辣妹其實很純情!?嬌小學姊其實很暴力!?我想趁機和以學校第一美少女聞名、偷偷單戀的高宇治同學加深情誼，卻發現她和學校第一花美男正在交往的真相……

NT$220/HK$73

不時輕聲地以俄語遮羞的鄰座艾莉同學 1~4.5 待續

Kadokawa Fantastic Novels

作者：燦燦SUN　插畫：ももこ

政近中了有希的催眠術而成為溺愛系型男？
描寫學生會成員夏季插曲的外傳短篇集登場！

艾莉進行超辣修行而前往拉麵店，遇到一名意外人物？想讓艾莉穿上可愛的泳裝！解放慾望的瑪夏害得艾莉成為換裝娃娃？又強又美麗的姊姊大人茅咲，與會長統也墜入情網的過程——充滿夏季風情的外傳短篇集繽紛登場！

各 **NT$200~260/HK$67~87**

繼母的拖油瓶是我的前女友 1~9 待續

作者：紙城境介　插畫：たかやKi

該選擇與結女再次兩情相悅的未來，
還是幫助伊佐奈發揚才華的夢想？

水斗為伊佐奈的才華深深著迷，熱衷於她的職涯規劃。兩人為了轉換心情去聽遊戲創作者演講，主講人卻是結女的父親！儘管自知對結女的感情日益增長，然而事態將可能演變成家庭問題，水斗在戀情與現實間搖擺不定，結女卻開始積極進攻——

各 **NT$220~270/HK$73~90**

國家圖書館出版品預行編目資料

VENOM求愛性少女症候群/かいりきベア原作；城崎作；九十九夜譯. -- 初版. -- 臺北市：臺灣角川股份有限公司, 2023.06-
冊；　公分. -- (Kadokawa fantastic novels)

譯自：ベノム：求愛性少女症候群
ISBN 978-626-352-604-4(第3冊：平裝)

861.57　　112005507

Kadokawa
Fantastic
Novels

VENOM 求愛性少女症候群 3

（原著名：ベノム 3 求愛性少女症候群）

2023年6月14日　初版第1刷發行

作　　者：城崎
插　　畫：のう
原作／監修：かいりきベア
譯　　者：九十九夜

發 行 人：岩崎剛人
總 編 輯：蔡佩芬
編　　輯：楊芫青
美術設計：洪晨萱
印　　務：李明修（主任）、張加恩（主任）、張凱棋

發 行 所：台灣角川股份有限公司
地　　址：104台北市中山區松江路223號3樓
電　　話：（02）2515-3000
傳　　真：（02）2515-0033
網　　址：www.kadokawa.com.tw
劃撥帳戶：台灣角川股份有限公司
劃撥帳號：19487412
法律顧問：有澤法律事務所
製　　版：尚騰印刷事業有限公司
ISBN：978-626-352-604-4
